마음교향곡

마음교향곡

정기옥

스마트소설

문학나무

작가의 말

마음 바라보기

이 글을 쓰게 하신 하나님께 감사드립니다.

오래된 마음의 그릇을 꺼내며 시간의 향기를 떠올립니다. 누군가에게는 아무 의미 없을 낡은 마음의 찻잔이 저에게는 편안한 안식을 줍니다.

2019년 가을부터 스마트소설을 쓰기 시작했습니다. 지난 6년간 써 온 60여 편 작품 중 30편을 추렸습니다.

이 글의 화두는 '마음 바라보기'입니다. 우리는 마음 어딘가 찢긴 채 살아갑니다. 예기치 않은 사고, 잊으려 해도 지워지지 않는 어떤 기억을 안고.

그 여정 속에서 '치유'란 완벽한 회복이 아니라 찢어진 마음을 한 땀 한 땀 꿰매는 과정임을 깨달았습니다.

부디 『마음교향곡』 글들이 아픔을 견디는 이들에게 작은 위안이 되길 바랍니다.

 문학의 길로 이끌어 주신 이건숙 소설가님께 머리 숙여 감사드립니다. 타향만리 미국에 계시면서 문자로 나누는 대화마다 문학하는 마음을 늘 격려하고 고양시켜 주셨습니다.
 발문을 써주신 황충상 소설가, 동리문학원장님께도 깊이 감사드립니다.
 글을 쓰는 동안 말없이 곁을 지켜주고 응원해 준 남편 원영진 목사와 아들 예찬, 딸 예림에게도 사랑과 감사를 전합니다.
 저를 아는 모든 분들께도 진심으로 감사드립니다.

2025년 여름
정기옥

차례

작가의 말
마음 바라보기   004

일곱 계절의 정원   010
영혼의 무게   016
귀 큰 남자와 귀 작은 여자   022
공간이동   027
수챗구멍 속에 빠진 태양   032
그 냄새   038
세상을 흡입하는 입   044
앵무새 탈출기   048
파도타기   054
그녀만의 향기   058
유통기한   062
가면 인형   066
빨간 남자   070
남자의 마음   076
초격차   082

발문 | 황충상 소설가, 동리문학원장
174   소설은 문장의 집이다

086   신기루
092   씽킹 우먼
098   썩은 사랑니
104   마음교향곡
114   달콤한 쓴맛
120   독초
126   털
134   사람 상견례
137   개 상견례
140   아홉 개의 풍선
144   생존반응
150   귀를 씻는 남자
154   검은 그림자
160   장례희망
168   카페 쉼표

마음교향곡

일곱 계절의 정원

 남자의 정원으로 들어오는 입구의 커다란 투명 유리문은 항상 반짝였다. 남자는 하루도 빠짐없이 정성을 다해 마른걸레로 유리문을 닦았다. 멀리서 작은 새 한마리가 날아오더니 유리문에 세게 부딪혔다. 새는 땅에 떨어져 미동도 없었다. 남자는 새에게 다가가 가만가만 깃털을 쓰다듬었다. 바닥에서 간신히 푸드덕거리며 날개 짓 하던 새가 건너편 나무 위로 천천히 날아올랐다.
 천 평이 넘는 남자의 정원은 숲 속 저지대에 자리 잡고 있었다. 정원은 습한 기운으로 거미줄이 많았다. 그는 아침이면 창틀과 벽 사이 거미줄을 꼼꼼히 걷어냈다. 그날 유리문 너머로 일곱 빛깔 무지개가 남자의 시선을 끌었다. 햇살이 정원을 비추자 꽃들 위로 나비와 꿀벌이 무리를 지어 날아다녔다. 정원은 평화로운 생명을 뿜어냈다.

초로의 남자는 사십여 년 만에 평생 꿈꾸던 자신만의 정원을 가질 수 있었다. 그는 정원에 나쁜 기운은 자랄 틈을 주지 않았다. 잡초는 땅 위로 기어 나오기 무섭게 뽑았다. 자기의 몸, 세포 속 켜켜이 쌓인 독소도 빠져나오길 바라며 풀을 뽑는 손에 매번 힘을 주었다. 남자는 봄, 여름, 가을, 겨울 사계절마다 번갈아 가며 꽃이 필 수 있도록 구역을 나누어 다양한 꽃을 심었다. 해마다 유기질 퇴비로 흙을 다독이며 토양을 기름지게 만들었다.

남자가 꽃을 키우면서 깨닫게 된 것은 계절이 일곱 계절이어야 적당하다는 이치였다. 초봄, 늦봄, 초여름, 늦여름, 초가을, 늦가을, 겨울 그 계절에 피는 꽃이 따로 있었기 때문이었다. 남자는 정원에 펜스테몬, 제라늄, 러시안 세이지, 라벤더, 예루살렘 세이지, 셀비아, 배초향을 심었다. 모두 보라색 계통의 꽃을 피우는 식물들이었다. 남자는 일곱 빛깔 무지개 색 중 보라색을 제일 사랑했다. 보라색처럼 노년도 그렇게 물들어가고 싶었다. 일곱 계절의 정원, 계절 따라 피는 보라색 꽃들을 바라보고 있노라면 남자의 베이고 상한 마음이 치유되었다. 남자의 정원에는 패랭이꽃이 많았다. 자신의 인생과 닮아있다고 생각한 남자는 정원 곳곳에 패랭이꽃을 심었다. 정원이 아름답다는 소문을 듣고 구경하러 오는 사람들에게 남자는 말했다.

"패랭이꽃은 낮은 지대의 건조한 곳, 메마른 초지, 냇가의 모래땅, 숲 가장자리에서 잘 자라지요."

핑크 패랭이꽃과 붉은 패랭이꽃은 그 색감이 조화를 이루어 아름다웠다. 남자가 좋아하는 꽃이 또 있었다. 바로 꽃고비 꽃이었다.

"꽃고비 꽃은 '야곱의 사다리'라는 별명이 붙어있어요. 잎새가 줄기에서 번갈아 가며 나는 모습이 사다리와 비슷하기 때문이에요. 꽃을 잘 모르는 사람은 꽃고비 꽃을 처음 보면 도라지꽃이라 착각하기도 해요."

꽃고비를 지그시 보고 있노라면 남자의 마음속 가득 찼던 쓴 뿌리들이 어느새 하나 둘 뽑혀 나갔다. 남자는 꽃고비 꽃을 부드럽게 쓰다듬으며 중얼거렸다.

'땅과 하늘 사이에 놓여있는, 천사가 오르내리는 야곱의 사다리를 따라 계속해서 올라가면 천국까지 갈 수 있을까?'

남자가 남몰래 눈물을 흘릴 때 누구도 그의 마음을 알아채지 못했다. 당연했다. 남자는 절대 자신의 속마음을 겉으로 내보이지 않았다. 사람들 앞에서 그는 언제나 웃는 얼굴이었다.

정원의 꽃들을 손질하던 남자는 잠시 허리를 펴고 하늘을 올려다보았다. 불현듯 40여 년 전 있었던 일이 어제 일처럼 떠올랐다.

"야. 일을 이따위밖에 못 해? 그러면서 돈 받기를 바라?"

거대한 비계덩어리가 남자의 눈앞에서 출렁였다. 비계덩

어리는 남자를 삼킬 듯 노려보았다. 당장이라도 뺨을 후려칠 것처럼 커다란 주먹을 올렸다 내렸다 했다. 숨을 가쁘게 내쉬며 말하는 비계덩어리의 입에서 역한 냄새가 났다.

"감히 이런 싸구려 화초들을 가져다 심어? 몽땅 다 뽑아 치워. 정원 제대로 꾸며놓지 않으면 한 푼도 못 받을 줄 알아."

"품종과 종자가 가장 좋은 것으로 심었는데요."

"어디서 말대답이야. 이게 좋아 보이냐? 아주 속이려고 작정했구나. 계약했던 돈의 반의반 값만 받아도 감지덕지인 줄 알아. 너 따위 이 바닥에서 매장시키는 거, 일도 아니야."

남자의 얼굴이 하얗게 질렸다. 남자는 마음속에서 치밀어오르는 분노를 숨기며 머리를 수그렸다. 손을 뻗어 상한 화초의 줄기를 집어 들었다. 우두커니 앉아서 들여다보고 있자니 자신의 꺾인 마음 같았다. 눈가에 눈물이 배어나왔다. 아직 뿌리가 싱싱한 화초를 조심스레 가져와 어느 집 담벼락 밑에 심어주었다. 자신만 살찌우는 기쁨으로 사는 비계덩어리들은 상대의 아픔은 애초에 느끼지 못하는 존재로 태어난 것 같았다.

남자는 정원에 대한 전문성을 오롯이 키우고자 이를 악물었다. 틈이 날 때마다 외국에 나가 다른 나라의 정원 문화를 탐방했다. 음지에 강한 식물과 양지에 강한 식물, 계절에 맞는 식물에 따라 정원의 색채 배치를 잘하는 그의 솜씨가 점차 소문나기 시작했다. 남자는 이곳, 저곳 불려 다니며 그들이 바라는 정원을 정성을 다해 만들어 주었다.

어느 날 문득 남자는 거울 속 자신을 들여다보았다. 이십 대의 패기 넘치던 청년은 어디로 가고 주름이 자글자글한 얼굴에 허리가 구부정한 노인이 서있었다. 거울 속 남자는 동년배보다 십 년은 더 늙어 보였다. 반평생을 허리 한번 제대로 펴지 못하고 땅만 파고 살아온 인생이 한스러웠다. 물끄러미 거울을 들여다보던 남자가 옆에 있던 아내를 향해 고개를 돌렸다. 남자가 말했다.

"여보. 난 그들과 다르게 살고 싶어."

"뜬금없이 무슨?"

"당신 알잖아. 내가 어떻게 살아왔는지."

"알죠."

남자가 절뚝거리는 다리를 끌며 아내의 손을 잡고 정원으로 향했다. 정원 한가운데로 가서 가만가만 꽃잎을 쓰다듬었다. 꽃들은 하늘거리며 자연한 미소로 남자를 맞이했다. 남자는 마른 장작 같은 어깨를 펴고 이내 기쁨과 즐거움에 들뜬 웃음을 지었다.

"남은 생애는 정원을 아름답게 가꾸어 모든 사람에게 개방할 거야. 오는 방문객들에게 따뜻한 차와 초록 식물도 하나씩 선물로 주고."

아내가 고개를 크게 끄덕여 보였다. 남자는 사포같이 거칠

거칠한 손으로 아내의 부드러운 손을 감쌌다. 정원의 투명 유리문을 통과한 아침 햇살이 남자의 구부정한 어깨 위로 내려앉았다. 꽃고비 꽃잎 위로 흰 나비 두 마리가 살포시 날갯짓하며 다가왔다. 남자의 입가에 알 듯 모를 듯 고요한 미소가 피어올랐다.

영혼의 무게

 그는 아침마다 체중계에 올라섰다. 그가 돈을 모을수록 체중계 눈금은 올라갔다.
 "여보 아버님 돌아가시기 전 우리에게 물려주신 땅. 그땐 허허벌판이라 땅값이 싸서 오르리란 기대 안 했잖아. 오늘 뉴스에 지하철이 착공된다고 해. 조만간 금싸라기 될 거 같은데."
 "진짜? 로또 맞은 기분이군. 그렇게만 된다면 우리 집도 해 뜨는 거지."
 지하철이 착공된다고 기사가 나자 땅값은 천정부지로 솟아올랐다. 그는 적절한 흥정 끝에 땅을 팔았다. 주머니에 큰돈이 들어오자 생활에 윤기가 돌았다. 순댓국만 즐겨 먹던 그는 군침만 삼키던 한우 소고기도 양껏 사 먹고 평생 처음

아내에게 명품 백도 선물했다. 배에 기름기가 돌자 포만감에 마음의 주름이 펴졌다.

"이를 악물고 살아온 보람이 있군. 10년 된 차도 새로 바꿀까?"

아내는 황홀한 듯 명품 백을 쓰다듬으며 명랑하게 말했다.

"응. 그렇게 해."

그에게 한 줄기 빛으로 임한 땅값 상승은 재테크 종자돈이 되었다. 그는 새 차를 산 다음 임대사업자등록을 했다. 건축물과 용적률 지번을 수시로 들여다보며 발품을 팔고 전국의 부동산을 보러 다녔다.

"뭐니 뭐니 해도 안전자산은 부동산이 최고지. 하락기만 잘 버티면 반드시 오르게 되어있어."

그는 여러 채의 집을 사들여 전세도 주고 월세도 받았다. 매달 두둑한 현금이 생겼다. 비밀 금고에 점점 돈이 불었다. 어느새 자린고비처럼 돈 모으는 재미가 삶의 낙이 되었다.

어린 시절 그는 배가 고팠다. 그의 집은 가난했기에 달걀 한 개도 제대로 먹지 못했다. 돈이 생기자 그가 가장 먼저 한 일은 비싸고 품질 좋은 유기농 계란을 매주 사는 거였다. 그는 손바닥이 노랗게 되도록 하루에 열 알씩 달걀을 삶아 먹었다.

근래 들어 그는 자주 꿈을 꾸었다. 꿈속에서 누군가가 속삭였다.

- 과체중입니다. 비만은 각종 질병을 유발합니다. 하루에 10그램씩 줄여 보세요.

꿈을 꾸면 자신의 몸이 공중에 붕 떠 있었다. 이게 유체이탈인가? 공중에 떠 있으면 세상을 다 품은 듯 몽롱하니 기분이 좋았다.

그는 공중에 떠서 사방이 투명 유리창인 방 앞으로 갔다. 방안엔 수십 개의 체중계가 널려 있었다. 방으로 들어가는 입구 유리창에 안내 문구가 붙어있었다. 방의 한 모퉁이 스피커에서 소리가 흘러나왔다.

"이 방에 들어오신 여러분 환영합니다. 이 방은 영혼의 무게를 재는 방입니다. 이 방 곳곳 체중계 저울은 영혼의 무게를 재기 위해 특수하게 제작되었습니다. 영혼의 무게를 21그램에 맞추세요. 21그램에 맞춘 사람은 빛의 갑옷을 선물로 받습니다. 빛의 갑옷을 입으면 어떤 어둠이 몰려와도 보호받습니다."

꿈속에서 그는 몸과 영혼이 분리되는 자신을 느꼈다. 투명한 실루엣 같은 그림자가 그의 몸 밖으로 빠지더니 천천히 움직였다. 웅 웅 떠다니며 어른거리던 그의 영혼 그림자는 저울 위로 올라갔다. 영혼 그림자는 말린 무화과 열매 같기도 하고 조그맣고 동그란 항아리 같기도 했다.

"고객님은 어제보다 100그램이 늘었습니다. 하루에 10그램씩 줄여 나가시기 바랍니다. 목표 체중은 21그램입니다."

체중계는 말하는 장치가 부착되어 있었다. 그는 기분이 나빠졌다. 내일은 10그램이라도 줄여봐야겠군.

반복되는 꿈을 꾸고 아침마다 체중계에 올라가는 그를 지켜보던 아내가 말했다.

"당신 얼굴이 누렇게 떴어. 몸이 많이 상한 거 같아. 건강검진 한번 받아봐."

"그러잖아도 요즘 꿈자리가 뒤숭숭해. 맨 날 21그램에 무게를 맞추라나? 이상한 소리가 자꾸만 귀에 들려. 환청인가. 진짜 영혼이 존재하는 걸까?"

정기검진을 하러 병원에 간 그에게 의사가 말했다.

"과체중입니다. 콜레스테롤 수치도 매우 높아요. 앞으로 계란 노른자는 먹지 마세요."

병원 진료를 마친 그는 근처 대형마트로 차를 몰았다. 최고등급 유기농 계란 100판을 샀다. 마트 직원의 눈이 휘둥그레졌다.

"오늘 입고물량 손님이 다 가져가시네요? 다 뭐 하시게요?"

"쓸데가 있어요."

청년 시절 대학 동아리 활동으로 몇 년간 봉사했던 보육원이 떠올랐다. 차를 몰아 보육원으로 향했다. 원장실을 노크했다.

"원장님. 보육원 뒤뜰에 닭장을 지어 드리고 싶어요. 아이들 계란 실컷 먹게요. 제 비밀금고에 쌓여있는 금 조각을 내다 팔아 해마다 아이들 장학금도 보내드리고 싶습니다."

봄날의 따스한 금빛 햇살 한 줌이 보육원을 돌아서 나오는 그의 등을 감쌌다.

그날 밤 그는 또 꿈을 꾸었다. 꿈속에서 그는 체중계에 올라갔다.

"영혼 비만 다이어트 프로젝트 본격 가동되었습니다. 고객님은 체중이 어제보다 10그램이 줄었네요. 사랑의 무게와 탐심의 무게는 반비례한답니다. 축하드립니다. 계속 정진하셔서 어두운 곳 밝혀주는 빛의 갑옷을 선물로 받으시길 바랍니다."
 특수 체중계의 말이 그의 귀에 울려 퍼졌다.

귀 큰 남자와 귀 작은 여자

 이른 아침 하늘은 시커먼 먹구름으로 뒤덮여 있었다. 금방 큰비가 내릴 기세였다. 남자는 우산을 가지고 아파트를 나와 15분쯤 걸었다. 늦여름이었다. 태풍이 온다고 외출을 자제하라는 문자가 수시로 핸드폰에 떴다. 요즘 일기예보는 예전보다 정확해서 믿을 만했다. 몇 해 전부터 이상기온이 많아져 지구가 뜨거워지고 있었다. 이번 여름만 태풍이 벌써 세 번째였다. 버스 정류장 가는 길 가로수 가지들이 세찬 바람에 이리저리 흔들렸다.

 남자는 남다른 귀를 가졌다. 그의 귀는 다른 사람보다 1.5배는 컸다. 청각 신경이 민감하게 발달한 덕분에 아주 작은 소리도 귀에 잘 들렸다. 남자는 사물의 작고 미세한 소리를

　　　　　　　　　　　남자는 남다른 귀를 가졌다
　　　　　　　　　　　그의 귀는 다른 사람보다 1.5배는 컸다

듣는 것을 좋아했다. 남자의 귀는 개미가 줄지어 기어가는 소리, 거미가 거미줄을 치며 끊임없이 움직이는 소리, 나비가 날갯짓하는 파동의 소리까지 감지했다.

　버스 정류장에 다다랐을 때 사방에서 들려오는 미세한 소리의 파장에 남자는 고막이 찢어질 듯 아팠다. 게다가 강풍에 빗소리까지 뒤섞여 순간 숨이 턱 막혔다. 귓바퀴 근처에서 윙 윙 윙 소리가 커지고 있었다. 두 손으로 귀를 막았다. 사방이 어지러웠고 땅이 흔들렸다. 어느새 검은 어둠이 남자를 감쌌다. 남자는 빙글빙글 도는 몸을 겨우 가누었다. 정류장에 서 있던 사람들의 목소리가 아련히 들렸다. 그 소리를 분별하려다 몸에 힘이 빠졌다. 몇 걸음 비척거리다가 그대로 길바닥에 고꾸라졌다. 쓰러진 남자 주변으로 사람들이 다가

왔다. 누군가 남자의 뺨을 때리고 머리를 흔들었다.

"정신 차려요!"

사람들의 숨소리가 남자의 얼굴을 감쌌다. 한두 방울 떨어지던 빗방울이 빗줄기가 되어 남자의 몸 위로 쏟아졌다.

남자는 병원에서 깨어났다. 구급대원 옆에는 가냘픈 몸매의 여자가 서 있었다. 구급대원이 말했다.

"조금만 늦었어도 큰일 날 뻔했어요. 이분이 심폐소생술 해서 살아났어요. 응급구조사셨어요. 천운인 줄 아세요."

"고맙습니다."

"이름과 나이 말해주세요."

"김용호, 마흔 살입니다."

구급대원이 돌아간 뒤에도 여자는 그 자리에 서 있었다. 남자는 눈을 가늘게 뜨고 여자에게 말했다.

"감사합니다. 구해주셔서."

"누구라도 했어야 하는 일이었는걸요. 숨을 쉬지 못하더군요. 심폐소생을 시키며 캔에 들어있는 맑은 공기를 불어 넣어 주었어요. 청정지역에서 채취한 깨끗한 공기를 편의점에서 캔으로 팔거든요. 항상 가지고 다녀요. 그것을 불어 넣어 주었을 뿐이에요. 우리 몸속 공기는 미세먼지와 중금속에 오염되어 있죠. 그래서 신선한 공기로 씻어내는 게 필요해요."

남자는 숨을 크게 들이쉬었다. 신의 숨결 같은 맑은 공기가 갈비뼈를 통과했다. 심장이 열리고 남자의 입에서 큰 숨이 터졌다. 여자가 캔의 마개를 열고 남자의 숨결을 담았다. 그 캔을 여자가 손에 들고 말했다.

"호흡이 안 될 때, 캔에 담긴 자신의 숨결로 호흡하세요."

남자는 깊은 숨을 내쉬며 여자의 작은 귀를 올려다보았다.

"캔 호흡을 하며 저의 큰 귀로 선한 소리만 가려듣겠습니다. 고맙습니다."

귀의 소리를 선택하여 듣기로 결심하자 남자의 마음 깊숙이 쌓여있던 악하고 부정적인 소리가 무너졌다. 큰 귀가 듣는 선한 소리에 남자의 마음이 후련했다. 여자가 미소 지으며 남자의 큰 귀를 내려다보았다.

공간이동

 내 마음엔 네 개의 방이 있다. 밝은 방, 어두운 방, 고통의 방, 기쁨의 방이다. 나는 하루에 몇 번씩 이 방에서 저 방으로 공간이동을 한다. 처음엔 공간이동이 느렸다. 그러나 요즘은 조금씩 공간이동이 빨라지고 있다.

 아침 창가에 스며드는 희미한 빛의 기운이 보인다. 빛은 점점 밝아진다. 내 방 창문 너머 햇살이 쏟아져 들어온다. 나는 한껏 기지개를 켠다. 창문을 열고 시원한 공기를 마음껏 들이켜며 밝은 마음 방으로 들어선다. 선명한 빛이 온 사방을 환하게 비추고 있다. 밝은 방 투명한 빛의 기운이 나를 온전히 감싼다. 멈춰버릴 것 같던 심장이 서서히 뛰기 시작한다. 탁했던 머리도 맑아진다. 내 마음은 빛의 쾌청함으로 환하게 밝아진다. 따스하게 바라보는 사람들의 시선 앞에 나는 자긍심과 자부심이 한껏 높아진다. 밝은 방에서 나는 경쾌한 음악에 맞추어 춤을 춘다.

늦은 오후다. 햇살이 나를 등지고 떠날 채비를 한다. 과거의 아픈 기억이 떠오른다. 밝고 투명한 마음에 조금씩 금이 간다. 안 좋았던 기억들은 나를 붙잡고 놓아주지 않는다. 어느새 나는 어두운 방에 서 있다. 순간의 곤두박질은 나를 맨바닥에 왈칵 쏟아 산산조각을 낸다. 나는 빈껍데기 쓸모없는 존재다. 자신감은 어느새 모두 사라진다. 어두운 마음 방에서 나는 혼자다. 다 무너져가는 음산한 폐가가 보인다. 웅크리며 억누르고 살았던 흙탕물 감정들이 폭발한다. 쉴 새 없이 토악질이 나온다. 벽에 던진 유리잔이 파열하듯 마음은 날카로운 소리를 지른다. 삶의 아픈 소리다. 나는 반나절 내내 어두운 방 안에 갇힌다. 과거의 일들이 잿빛 환영처럼 떠오른다.

남편과 두 살 된 딸이 방 안에서 비행기놀이를 한다. 일곱 달 된 뱃속 아기는 힘차게 태동한다. 문밖에서 들리는 오토바이 소리가 요란하다. 아랫마을에 사는 노인이다. 예고도 없이 별안간 찾아오는 노인의 방문이 달갑지 않다. 후처와 다툰 날이면 술이 만취되어 나타난다. 그날 그는 짙은 분노로 아들의 이름을 부른다. 대답이 늦자 담배꽁초를 오토바이 옆에 내던진다. 휘발유와 불꽃이 만난다. 화염은 집을 삼키고 하늘에서 떨어진 불덩이가 내 몸속을 뚫고 들어온다.

이웃집 여자가 119에 전화를 건다. 우리는 이미 불길에 갇혀 있다. 애처롭고 무력하게 소리를 지르며 네 식구는 타오른다.

병원에서 눈을 떴을 땐 남편도 아이도 뱃속 아기도 모두 떠난 뒤였다. 아기의 심장 소리는 더 이상 들리지 않았다. 그들의 온기는 사라졌다. 영원할 줄 알았던 모든 것이 재가 되어 흩어졌다. 타버린 내 몸은 경련하는 근육들과 함께 중환자실에 눕혀져 있었다.

고통의 밤이 깊어간다. 세상의 모든 것이 나를 비웃으며 등을 돌리고 있다. 캄캄한 흑암이 나를 짓누르고 영혼은 쪼그라지고 찢겨 더는 머물 곳이 없다.

저항할 수 없는 굵은 밧줄에 묶인 짐승처럼 스스로를 옭아매고 심연에서 올라오는 비명을 지른다. 사방은 모두 막혀 있다. 한 줌의 빛도 들지 않는 고통의 방 나는 축 늘어져 누워 있다. 마음은 깊은 내상으로 일렁거린다.

3도화상. 몸은 시커멓게 그을렸고 온몸은 붕대에 칭칭 감겨 있다. 붉게 물든 붕대 속, 뼈까지 스미는 격렬한 통증에 나는 몇 번이고 혼절을 반복한다. 세포마저 절규하는 통증과 상처를 견디지 못한 정신은 너덜거린다.

나는 허공에 매달린 벌거벗은 남자를 본다. 2000년 전 장대에 높이 달린 사내에게 나는 말을 건넨다.

"당신은 6시간 동안만 아팠잖아요."

죽음과 생명 사이 피투성이 밤이 흐른다. 타들어 가는 불면의 밤과 검은 장막을 두른 시간을 지난다. 어떤 소리도 닿을 수 없는 밤. 시퍼런 별들이 휘두르는 칼 아래, 나는 서른세 번 까무러쳤다 깨어나는 고통의 방에서 나는 이동이 가장 느리다. 다 타버린 육신은 짐승처럼 형체를 잃었고 절망 속에서 울부짖을수록 조금씩 벌어진 상처 틈 사이로 연붉은 새살이 자라난다. 계절이 바뀌며 상처도 천천히 아문다. 나는 '쳐다보기도 싫어.' 혼잣말을 중얼거리며 익숙한 아픔을 견딘다.

그때 나를 어루만지는 손이 있다. 영영 놓칠 뻔했던 딸을 붙잡고 있는 텅 빈 항아리 같은 마음이 되어버린 엄마의 손이다. 투명한 손이다. 하얀 백합 같은 손, 그 손이 손가락 세 마디만 남은 내 손에 풍선초 씨앗을 건넨다.

"담 밑에서 따왔단다. 동그란 씨앗 위 하얀 하트가 참 예뻐. 너처럼. 고마워. 살아줘서. 내년에 담 밑에 또 심어보자. 하얀 하트가 담장 밑에 가득 넘쳐날 거야."

나를 들여다보는 엄마의 눈은 피 흘린 눈이다. 환한 웃음이 가득 담긴 마주 보는 눈, 그 언저리를 둘러싼 여윈 주름 사이 사랑이 처연하다. 엄마의 눈동자 깊숙이 슬픔이 지나간 자리에 신의 빛이 고여 있다.

엄마의 사랑은 고요히 내 잃어버린 것들을 덮어준다. 붉은 피가 창에 찔린 옆구리에서 흘러내려 나의 상처를 감싼다. 내 혈관 속 핏줄이 끊기기 전에 영혼의 피가 다시 흐르기 시작한다. 그것은 사랑, 사랑이었다.

  화상 자국이 희미해진다. 나는 새로운 마음의 가죽을 덧입는다. 눈의 비늘이 벗겨지고 마음의 허물도 사라진다.

  이때다. 나는 기쁨의 방으로 껑충 건너뛴다. 상처는 흔적으로 남았지만, 세포는 새로 형성되고 있잖아? 환희가 솟구친다. 기쁨의 방엔 알록달록한 풍선들이 천장에 떠 있다. 나는 조심스레 분홍색 풍선의 줄을 당긴다. 이 기쁨이 어디서 왔을까. 불타버린 마음인데.

  그런데 말이야. 달라진 건 아무것도 없었는데, 죽음을 통과한 벌거벗은 사내가 눈부신 흰옷을 입고 나타나 내게 손을 내밀었지.

  "달리다굼. 소녀야! 일어나. 일어나."

  맞아. 그때 나는 그의 손을 잡고 기쁨의 방에서 춤출 수 있었던 거야. 내 기쁨의 근원은 나를 불러낸 그분의 고요한 음성이었어.

  나는 어두움과 고통의 터널에 갇혀 몇 년씩 묵혔던 마음의 짐을 신에게 내려놓았다. 울음으로 눅눅했던 날들과 숨이 막혀 헐떡이던 밤들 틈으로 들어온 바람과 빛은 신의 숨결이었다. 사랑으로 마음을 어루만지자 공간이동은 더욱 빨라졌다.

  이제 어둠의 방과 고통의 방이 다시 찾아와도 사랑하는 이를 향한 사랑의 마음으로 나는 가볍게 순간이동을 한다.

수챗구멍 속에 빠진 태양

 그는 밤새 뒤척이다 새벽녘 쪽잠이 들었다. 요즘 들어 불면의 밤이 잦아졌다. 병원에서 처방받은 수면제조차 무력했다. 시간이 얼마나 흘렀을까? 창밖으로 아침 햇살이 스며들었다. 눈꺼풀 사이로 날카로운 빛이 번졌다.
 '저 태양 또 어김없이 떠올랐군. 제발 하루쯤은 쉬어주지 않겠니. 겨우 잠들려 했는데.'
 그는 배를 덮고 있던 이불을 걷어차며 몸을 일으켰다. 한참 깎지 않은 덥수룩한 수염을 손으로 쓸어내리며 중얼거렸다.
 '지겨운 하루 또 시작이군.'
 발치에서 그를 올려다보던 고양이 오월이가 그르렁거리며 목을 긁었다. 전날부터 아무것도 먹지 않은 배에서 꼬르륵 소리가 났다. 3.5평 원룸 구석에 놓인 작은 냉장고 문을 열

자 안쪽 서랍에 달걀 한 알이 놓여 있었다.

'일주일 전에 샀는데 그새 다 먹었네.'

아침저녁으로 부쳐 먹던 달걀 프라이는 그에게 유일한 위안이었다. 오월이는 몸을 웅크린 채 꼬리를 흔들며 그를 바라보았다

"오월아. 이젠 이런 소소한 기쁨조차 사치인가 보다. 열 개에 구천오백 원이라니. 달걀에 금을 입혔나?"

오월이는 새까만 눈동자를 반짝이며 고개를 갸웃했다.

그는 가스레인지의 불을 켜고 기름을 두른 팬에 남은 달걀 하나를 톡 깨뜨렸다. 달걀노른자가 흰자 속에 동그랗게 떠올랐다. 노른자는 타오르는 노란 태양처럼 보였다.

그는 노란 빛이 보기 싫어졌다. 젓가락으로 노란 태양을 휘휘 저었다. 산산이 흩어진 노란 태양빛을 보자 속이 울렁거렸다. 그 색은 기름 속에서 탁하게 변해갔다. 속이 울렁였다. 그는 프라이팬을 내려놓고 정수기의 물을 한 컵 들이켜고 다시 침대로 갔다.

가슴이 먹먹했다. 깊은 심연이 그의 마음을 눌렀다. 창문 너머 태양은 여전히 찬란했다. 그는 중천에 떠있는 태양을 향해 삿대질을 하다 커튼을 내리고 눈을 감았다.

'그만 좀 비춰. 제발 잠 좀 자자.'

그의 책은 갓 인쇄된 잉크 냄새를 풍기며 서점 가판대에 얼굴을 내밀었다. 작가 데뷔 10년 차. 벌써 네 번째 소설집이었다. 하지만 독자의 외면은 무정했다. 두어 달을 버티던 책은 결국 물류창고의 먼지를 뒤집어썼다.

밤을 새우며 써 내려간 수만 자의 문장들. 어떤 날은 열 시간 넘게 자판을 두드렸다. 그 대가로 손목 저림과 허리 통증이 들러붙었다. 마감 직전엔 오른쪽 다리에 습진이 올라 살이 짓물렀고 붉은 흉터가 박혔다.

그는 오월이에게 중얼거렸다.

"이번에는 좀 팔려야 할 텐데. 잊혀 진 작가로 밀리면 진짜 끝이야."

오월이는 야옹, 짧게 울며 꼬리를 곧게 세웠다.

마지노선처럼 남아있던 통장 잔고도 바닥이 났다. 한때는 출간이란 말만 들어도 별똥별이 쏟아지는 환상을 꿈꿨다. 요즘은 눈을 감기 무섭게 악몽이 찾아왔다. 꿈속의 그는 벌거벗은 채 칼바람을 맞으며 서 있었다. 더는 악몽을 꾸고 싶지 않았다.

그는 며칠 밤을 뜬눈으로 지새우다 대학 국문학과 친구인 방송작가 승구에게 전화를 걸었다. 약속 장소에 나타난 승구는 동그란 안경테 너머로 알 듯 모를 듯 묘한 웃음을 지었다.

"내가 뭐랬어? 자본주의 사회에선 결국 '머니'라고 했지. 밥이 안 되는데 순수문학이니 예술이 무슨 소용이냐?"

그는 승구를 향해 비굴하게 자신을 낮췄다.
"친구 덕 좀 보자. 은혜는 꼭 갚을게."
승구는 능청스러운 웃음을 머금은 채 말했다.
"일감 줄게. 내 밑에서 서브 작가부터 해봐. 드라마는 시청률, 그게 전부야. 아이디어 짜는 법부터 배우고."
승구는 대중성을 간파하는 능력이 뛰어난 실력자였다. 내가, 나에게, 나라는 단어를 무한 반복하며 한껏 거들먹거리는 승구의 말에 그는 연신 고개를 끄덕였다.

며칠 후 승구가 말했다.
"작가는 단순 노동자가 아니야. 개성 있고 탄탄한 서사를 만들어야 살아남지. 무엇보다 중요한 건 '버티는 힘'이야. 그게 드라마 작가의 생명이거든. 명심해."
그날도 그는 밤새 뜬눈으로 지새웠다. 쪽잠에서 깨어나 달걀 한 알을 컵에 깼다. 그의 손에서 중심을 잃고 미끄러진 컵이 싱크대에 떨어졌다. 노른자는 그대로 수챗구멍 안으로 흘러들었다. 그는 노란 알을 내려다보았다.
'이걸 헹궈 먹을까? 꺼낼 수 있을까?'
조심스레 숟가락을 들이밀어 노른자를 건져냈다. 정체 모를 찌꺼기와 뒤엉킨 그것은 이미 음식이 아니었다. 그는 노른자를 다시 수챗구멍에 버렸다. 순간 노란 알이 팍 터졌다. 그 빛이 눈부셨다. 눈을 감았다 떴다. 수챗구멍 속에 퍼진 노른자가 태양처럼 환한 빛을 뿜고 있었다.

그는 조용히 화장실로 향했다. 거울 속엔 볼이 꺼지고 수염이 덥수룩한 중년 남자가 그를 뚫어져라 응시하고 있었다. 설명할 수 없는 감정이 목을 타고 올라왔다.

그는 천천히 수염을 깎고 안방으로 돌아와 커튼을 걷었다. 차단됐던 빛이 한꺼번에 쏟아졌다. 창문을 활짝 열자 바람이 들이쳤다. 옷장을 열고 가벼운 점퍼를 걸치고 현관으로 나와 등산화 끈을 동여맸다. 등산 스틱을 짚고 천천히 앞산을 향해 걸었다. 밤사이 내린 비에 축축하게 젖은 흙냄새가 코끝을 스쳤다. 나뭇가지 위에서 작은 새가 노래했다. 문득 눈물이 솟구쳐 손등으로 눈을 훔쳤다. 산 중턱에서 숨을 고르며 봄을 맞이한 나무들을 바라보았다. 연둣빛 싹이 가지마다 피어나고 있었다.

그는 다시 한 걸음 정상으로 나아갔다. 눈앞에 생강나무의 연한 가지가 살랑이며 흔들렸다. 바람에 흔들리던 꽃잎 끝에 맺힌 빗물 한 방울이 뚝, 떨어졌다. 그는 고개를 들어 하늘을 바라보았다. 해가 그의 머리 위를 지나고 있었다.

그 냄새

나는 천천히 차를 몰아 마을로 들어섰다. 주문한 지 1년을 훌쩍 넘기고 손에 넣은 포르쉐 파나메라. 짐승처럼 거칠었던 세월을 견디고 얻은, 내 인생의 보상이었다. 새 차의 냄새는 어릴 적 초등학교 입학을 앞두고 선물 받았던 새 가방의 냄새와 닮아 있었다. 이번 휴가는 디지털 문명으로부터 뒤처지지 않은 나에 대한 선물이었다.

눈앞에 산줄기가 병풍처럼 펼쳐졌다. 고향산천이었다. 나는 창문을 열고 차의 속력을 조금 더 낮췄다. 어린 시절로 돌아간 듯 나도 모르게 환호성이 터졌다. 산모퉁이를 돌자 야트막한 동산이 모습을 드러냈다. 한때는 솟구친 산처럼 느껴졌던 그 둔덕 위엔 여전히 작은 예배당이 우두커니 서 있었다. 모든 것이 바뀌었는데 그 건물만은 예전 그대로였다. 변함없는 외형이 기이할 정도로 경이로웠다.

차를 세우고 예배당 문을 밀어 보았다. 문은 잠겨 있지 않았다. 안으로 들어서서 장의자에 앉아 두 손을 모았다. 고요한 공간에 들어서자 마음이 맑은 공기로 씻겨 정화되었다. 기도를 마치고 밖으로 나왔다. 예배당 주변을 거닐고 있는데, 갑작스레 심한 악취가 바람을 타고 밀려왔다. 냄새는 점점 더 진해졌다. 나도 모르게 얼굴을 찡그렸다.

"젠장 비싼 양복에 냄새 쩌들겠군."

차로 돌아가 향수를 꺼내 양복에 뿌렸다. 진동하는 악취를 피하려 코를 틀어막고 예배당 옆 오솔길을 따라 천천히 발을 옮겼다. 얼마쯤 올라가자 흙바닥 위에 놓인 나무 상자들이 보였다. 윙윙대는 벌떼들 사이로 한 남자가 땀을 뻘뻘 흘리며 벌꿀을 채취하고 있었다.

"초면에 실례지만 이게 꿀 냄새는 아닌 것 같은데요. 어디서 악취가 나는 것 같습니다."

남자는 일하던 손을 멈추고 나를 물끄러미 바라보았다.

"악취요? 저는 잘 모르겠는데요."

나는 벌통 가까이 다가갔다. 그 너머로 대형 축사가 눈에 들어왔다. 도랑엔 질척한 분뇨가 흘렀다.

"어릴 적엔 여기서 아카시아꽃, 찔레꽃 향기가 났었는데요."

"고향에 오랜만에 오신 모양이군요."

"건너편에 보이는 게 축사죠?"

"네, 맞습니다. 젊은 청년이 운영하고 있어요. 꽤 성실한 친구지요."

"마을 주민들 반대는 없었나요?"

"보상비를 가가호호 나눠 줬지요. 그다음 해엔 집집마다 에어컨도 달아 주고 어르신들 단체 관광도 보내 드리고요."

나는 코를 막은 채 말했다.

"돈이 대단하군요."

"그 젊은 친구 주변 학교에 장학금도 내고 시골 교회에도 기부 많이 해요. 좋은 일 참 많이 하죠."

잠시 고향에서 쉬고 갈 생각이었던 나는 얼굴을 찌푸리며 말했다.

"은퇴하면 이곳으로 다시 돌아오려고 했거든요."

"옛날 기억은 추억으로만 남겨야죠."

남자는 내게 꿀 한 통을 건넸다.

"토종 벌꿀입니다. 맛이 아주 기가 막히죠. 신진대사 촉진하고 피로 회복에 좋고요. 오랜만에 고향 오셨다니까 선물입니다."

나는 고맙다고 인사한 뒤 그 자리를 내려왔다. 문득 나고 자란 집터가 궁금해졌다.

차를 몰아 아랫마을로 향했다. 하지만 입구에서 나는 눈을 의심할 수밖에 없었다. 거기에도 대형 축사가 들어서 있었다. 그 앞을 지나는 순간 냄새가 창문을 뚫고 차 안으로 스며들었다. 나는 숨을 꾹 참은 채 좁고 구불구불한 길을 돌았다. 어린 시절 파란 대문이 인상 깊던 집 앞에 도착했다. 차 소리가 나자 안마당에 있던 아주머니가 나왔다. 가깝게 지내던 먼 친척 아주머니였다. 아주머니는 나를 반갑게 맞았다.

"이게 누구여. 대체 얼마 만이여. 얼굴 그대로네."

아주머니가 나에게 들어와 앉으라고 했다. 나는 아까 남자에게서 받았던 토종 벌꿀을 아주머니에게 선물로 건넸다.

"이거 어디서 샀는가?"

"아, 오다가 양봉장에서요."

"먼 길 오느라 목마르지? 시원한 꿀물 한잔 타 줄게."

아주머니는 내가 준 꿀을 내려놓고 찬장에서 다른 꿀통을 꺼내 물을 타기 시작했다. 나는 꿀물을 받아들고 마지못해 입에 가져갔다. 순간 물에서 분뇨 냄새가 났다. 나는 코를 움켜쥐었다.

"마을에 축사가 두 군데나 생겼던데요?"

"토종 벌꿀 사장님이 거기도 운영해요. 해마다 공짜로 꿀 몇 통씩 나눠 주지. 저렇게 좋은 차를 타고 온 거 보니 크게 성공했나 보네."

속에서 구역질이 차오르기 시작했다. 나는 꿀물을 삼키지 못하고 그대로 뱉어냈다. 꿀물이 양복 재킷에 튀었다. 아주머니가 얼른 휴지를 들고 닦아 주었다.

"이런, 비싼 양복 같은데 어째."

재킷 위에 하얀 휴지가 너덜거렸다. 나는 왼손에 찬 롤렉스시계를 보며 웃었다.

"괜찮아요. 벌써 시간이 이렇게 됐네요. 슬슬 일어나야겠습니다."

아주머니는 뒤따라 나오며 내가 선물한 꿀통을 다시 내게 안겨 주었다.

"이 동네 특산품이니 서울 가면 홍보 좀 많이 해줘요."

세상을 흡입하는 입

 잠에서 깨어났다. 낮잠은 언제나 달콤하다. 하품이 나온다. 있는 힘껏 기지개를 켠다. 시계를 보니 오후 1시. 낮 12시 30분부터 1시까지 내 몸의 시계는 정확하다. 습관이 무섭다. 점심만 먹고 나면 졸음이 쏟아진다. 대학교 앞 수면 카페에서 30분 동안 낮잠을 잔다. 이 시간이 제일 좋다. 엄마 뱃속 태아로 돌아간 듯 고요와 평온이 몰려온다.

 오전 수업 내내 학생들 앞에서 끊임없이 말을 쏟아낸다. 온몸에 진이 빠진다. 대학에서 영문학을 가르치는 시간강사로 일하고 있는 내 입은 어제도 오늘도 쉴 새가 없다. 입으로 벌어먹는 삶. 지칠 틈 없이 움직이는 입, 그 입이 내 생계를 지탱하고 있다.

 수면 카페에서 잠깐의 꿀잠을 끝내고 다시 수업하러 강의실로 향한다. 오후 한낮의 나른한 시간, 핸드폰 게임 하는 녀석들 사이로 책상에 엎드려 자는 놈도 있다. 그러거나 말거나 태엽 감긴 시계추처럼 정해진 리듬에 따라 강의 시간 내내 열정적으로 떠들어 댄다. 입에서 단내가 올라온다.

오후 강의 마치고 학교 근처 분위기 좋은 카페에 들렀다. 갈색 앞치마를 두른 중년 바리스타가 커피머신 앞에서 분주히 움직인다. 나는 프런트로 성큼 다가갔다.

"따뜻한 아메리카노 한 잔 주세요."

"5000원입니다."

나는 햇살의 따스한 기운을 받고 싶어 창가 자리로 향했다. 카페에 가면 사람들 입을 관찰하는 게 내 취미였다. 그날은 내 옆 테이블의 여학생 둘이 눈에 들어왔다.

20대 초반 싱그러운 그녀들의 젊음이 부러웠다. 이번 겨울방학에 배낭여행 가자. 60만원이면 미국 왕복 티켓 끊을 수 있어. 중국 비행기 경유해서 좀 돌아가지만 싸게 다녀올 수 있으니 좋잖아. 여행 가려고 열심히 알바해서 돈 모아놓았거든. 난 그랜드 캐니언 꼭 가보고 싶어. 여행 이야기에 들떠있는 여학생들의 입이 보인다. 나는 저 나이 때 뭐 했더라? 기억이 가물가물하다.

앞 테이블엔 제법 세련되게 차려입은 40대로 보이는 여자 둘이 빵과 밀크티를 먹고 있다. 숙경이 이혼했대. 남편 사업이 쫄딱 망했다더라. 그래? 그래도 돈 없다고 이혼은 그렇지 않니? 뭐 속사정이야 모르지. 또 다른 이유가 있는지. 네 남편은 요즘 어때? 우리 남편 조기 은퇴당할까 매일 노심초사야. 물가는 오르지. 맞벌이하지 않으면 애들 뒷바라지하기가 너무 힘든 세상이야.

카페 안, 케니지의 색소폰 연주 '러빙 유'가 감미롭게 흘러나온다. 그 연주를 들으며 생각한다. 색소폰을 잘 불기 위해 입술이 부르트도록 연습했겠지? 케니지의 입술을 떠올려 본다. 입으로 악기를 분다. 입으로 음식을 먹는다. 입으로 말한다. 입은 곧 생존의 통로이다.

그들의 입을 바라보다가 집에 있는 여섯 달 된 아기가 떠올랐다. 친정엄마에게 맡기고 나온 터라 어느새 젖가슴이 퉁퉁 불어 있었다. 어서 집으로 가야지. 서둘러 차를 몰고 집으로 향했다. 아파트에 도착하자마자 엘리베이터 앞으로 달려갔다. 12층 버튼을 눌렀다. 쪽쪽이를 빨며 배고파 울고 있는 아기를 친정엄마에게서 건네받았다.

나는 앞가슴 블라우스 단추를 급하게 풀어 헤쳤다. 불어 있는 젖을 아기의 입에 물렸다. 그야말로 젖 먹던 힘까지라더니 아기는 있는 힘껏 젖을 빨아 먹었다. 이가 나려는 걸까. 잇몸이 간지러운지 아기는 힘껏 문다. 젖꼭지가 아파서 다른 쪽 젖을 물렸다. 나는 육아 휴직을 좀 더 하고 싶었다. 하지만 겨우 구한 강사 자리를 놓칠 수는 없었다. 일은 꼭 먹고 살기만은 아니다. 나는 아기의 입술을 찬찬히 내려다보며 생각에 잠겼다.

세상이 입 하나로 돌아가고 있다. 태아 시절이 끝나고 엄마 뱃속을 나온 모든 입은 세상을 흡입한다.

앵무새 탈출기

나른한 오후, 소파에 비스듬히 누운 채 책을 보다가 잠깐 눈을 붙였다.

"띠링."

카톡 알림 음이 쪽잠의 달콤함을 깨웠다. 어릴 적 한 동네에서 자랐던 친구 민식에게서 온 메시지였다. 요즘 조류와 파충류, 애완동물 유통 사업을 새로 시작했단다.

"작가님. 나 민식이야. 네가 보내준 책 잘 읽었어. 잉꼬 앵무새 두 마리 가져다줄게. 키워볼래?"

새를 키워보라는 말에 귀가 솔깃해졌다. 민식이는 전화에 대고 앵무새에 대해 조잘댔다.

"수명도 길고 똑똑해. 먹이만 잘 챙겨주고 물만 자주 갈아주면 말도 곧잘 따라하고 애교도 많아. 절대 후회 안 할 거

> 나는 그들의 자유로운 움직임을 지켜보았다
> 서재는 이제 새들의 놀이터였다

야."

 중년에 접어들자 아내에게서 우선순위가 아닌 뒷전이 되어버린 느낌이 들었다. 이제 아내는 성년이 된 딸과 더 자주 웃고 더 오래 대화했다. 나는 외톨이처럼 느껴졌다. 마음은 자꾸만 가라앉았다. 강아지라도 키워 위안을 얻고 싶던 참이었다.
 며칠 뒤 잉꼬 앵무새 두 마리가 집에 들어왔다. 아내는 새털이 날린다며 고개를 절레절레 저었다.
 "거실엔 절대 안 돼."
 결국 앵무새가 거실을 돌아다니지 않게 하겠다는 약속을 한 뒤에야 마지못해 허락을 받아냈다.

나는 서재 책상 옆에 앵무새들을 위한 보금자리를 마련했다. 노란 잉꼬 새는 '샬롬', 초록 잉꼬 새는 '평강'이라 이름을 지어 붙였다.

"오늘부터 이 안이 너희 집이다. 여기서 먹고 자고 살아야 해. 밖으로 나가면 큰일 나. 주인아주머니, 진짜 무서워."

낯선 서재에 온 두 앵무새는 조그만 심장으로 가쁜 숨을 쉬며 새장 안에 웅크리고 있었다. 나는 그 모습이 안쓰러워 밤새 잠을 설치고 아침이 밝자마자 서재로 달려갔다. 새장 안 나뭇가지에 위태롭게 앉아 있던 두 녀석은 여전히 불안한 눈빛이었다. 나는 조심스레 물통을 비우고 깨끗한 물로 다시 채웠다.

유튜브에서 앵무새 기르는 법을 찾아보았다. 사다리와 장난감, 자연에서 주워 온 나뭇가지를 하나둘 새장 안에 넣어 주었다. 먹이도 제시간에 주었다. 서재는 햇살이 따뜻하게 드는 남향이라 앵무새들이 적응하기엔 안성맞춤이었다. 아내는 가끔 서재에 들어와 책을 들춰보았지만 앵무새들에게는 눈길조차 주지 않았다.

며칠이 흘렀다. 하루는 아내가 외출한 틈을 타 새장을 거실로 옮겼다. 바닥에 놓고 새장 문을 살짝 열었다. 샬롬과 평강은 고개를 갸웃거리며 조심스레 바깥을 살폈다.

플라스틱 사다리를 타고 샬롬이 먼저 내려왔다. 내 손바닥 위로 폴짝 뛰어든 샬롬을 바닥에 살며시 내려놓았다. 평강이는 한참을 망설이다가 푸드덕 날아올라 다시 나뭇가지 위로 도망쳤다. 모이를 손에 올려놓고 조심스레 유도하자 평강이도 마침내 손바닥으로 걸어 들어왔다. 거실 바닥 위에서 두 앵무새는 조심스럽게 기어 다녔다. 소파 밑에도 숨고 안마의자 위로도 폴짝 올라갔다. 여기저기 똥도 싸며 집안을 활보했다.

"이제 실컷 놀았지? 들어가자."

나는 두 앵무새를 다시 새장에 넣었다. 아내가 돌아오기 전 거실 바닥에 흩어진 깃털과 똥을 말끔히 치웠다.

그날 이후로 나는 아내 몰래 '새장 열기'와 '새장 닫기' 놀이에 빠졌다.

몇 달이 흘렀다. 두 앵무새는 새장 안에서 제법 활발하게 짹짹거렸다.

나는 서재에서 글을 쓰다가 새들을 바라보았다. 앵무새 두 마리는 좁은 새장 안에서 제법 당당하게 나를 바라보았다. 나는 책장이 꽉 찬 서재를 둘러보았다. 책상 위에는 베스트셀러 작가들의 책이 일렬로 정렬되어 있었다. 나는 점점 왜소해지는 내 자리를 느꼈다.

글자들이 나를 조여 왔다. 진땀이 났다. 나는 글자 안에 갇힌 것같이 갑갑했다. 새장 틈에서 새들이 날갯짓하는 모습이 나와 같았다.

다음 날 이른 새, 나는 새장을 거실로 옮기고 서재의 책을 모두 꺼냈다. 덜그럭거리는 소리에 잠에서 깬 아내가 놀란 얼굴로 방에서 나왔다.

"당신 뭐 하는 거야, 이 새벽에?"

계속 뭐라고 이야기하는데 아내의 말이 들리지 않았다. 귀가 윙윙거렸고 그녀의 목소리는 공중을 떠다니는 안개처럼 흩어졌다.

드디어 서재의 책을 거실로 모두 다 꺼냈다. 서재가 텅 비었다. 나는 두 팔을 번쩍 치켜들었다. 새장을 안고 다시 서재로 들어갔다. 새장의 문을 활짝 열었다.

"귀여운 앵무새들. 이제부터 여기가 너희들 세상이야."

샬롬과 평강은 망설였지만 곧 텅 빈 서재 안을 신나게 돌아다녔다. 샬롬은 책장 칸을 타고 위로 오르고 평강은 창틀 위에 앉았다가 밖을 향해 조심스레 한 발을 디뎠다. 두 앵무새는 몸이 기우뚱해지자 깜짝 놀라 다시 안으로 물러섰다.

나는 그들의 자유로운 움직임을 지켜보았다. 서재는 이제 새들의 놀이터였다. 비라도 올 듯 창밖 하늘은 뿌옇게 흐렸다. 머릿속에 줄줄이 얽혀 있는 실타래들이 나를 조여 왔다. 나는 허공을 향해 손을 휘저었다. 보이지 않는 선들을 하나둘 끊어내며 구슬땀을 흘렸다. 샬롬과 평강이, 두 앵무새가 고개를 갸웃하며 나를 바라보았다.

나는 구석에 있던 노트북을 꺼내 창가에 놓았다. 멈춰 있던 원고의 마지막 페이지를 천천히 훑었다. 그 순간 글자들이 내게로 기울어졌다. 비스듬히 기운 글자들이 허공에서 멈췄다. 어디선가 보이지 않는 손이 내려와 내 손에 살며시 포개졌다. 이윽고 글자들이 춤을 추듯 자판 위로 내려앉았다.

파도타기

파도타기를 하러 갔어요. 매서운 바람이 코끝을 아리는 추운 겨울날이었죠. 그날은 비까지 오더군요. 빗방울이 얼굴 위로 춤추듯 떨어졌어요. 그런데 그런 날 파도를 타야 진짜 파도타기 하는 맛이 나거든요. 겨울 바다에서 파도타기 하는 맛은 타 본 사람만 알아요. 머리카락을 스치는 차가운 바람에 모공까지 시원했어요. 스물다섯 살 되던 해 나는 본격적으로 레포츠를 배웠죠. 첫 도전이 파도타기였어요.

서핑보드에 올라 파도를 탈 때면 원초적 순수 에너지가 솟구쳐 올랐어요. 나는 가슴으로 보드바닥을 누른 다음 뒷발과 앞발 순서대로 보드 중앙에 맞춰 옮겼어요. 그다음 무릎을 낮춰 중심을 잡고 일어섰죠. 온몸의 힘을 최대한 아꼈어요. 파도를 타려면 위치 선정을 잘해야 했죠. 파도가 들어올 때 가장 높은 부분을 피크라고 해요. 힘이 가장 세고 제일 먼저 부서지는 곳이죠. 나는 파도타기 고수가 될 때까지 수없이 바닷물을 들이켰어요. 드디어 피크를 정복하는 날이 오더군요. 파도가 내게 잡히는 느낌, 그 순간의 희열은 맛본 사람만 알 수 있죠.

우리 집은 남해 바닷가에 있어요. 걸어서 바다까지 100미터 정도였죠. 내가 어렸을 적 엄마는 내 귀에 못이 박힐 정도로 신신당부를 했어요.

"물가엔 가지마. 절대 가지마."

나하고 세 살 터울 언니가 있었어요. 언니가 열 살이었을 때 친구 세 명과 집 앞 바다에서 물놀이를 하다 너울성 파도에 그만 휩쓸려갔어요. 언니는 영영 돌아오지 못했죠. 언니가 그렇게 가버린 후 엄마는 밤마다 불면증에 시달렸어요. 엄마의 귓가에선 파도소리가 들린다고 했어요. 그 소리 때문에 엄마는 뜬눈으로 밤을 새웠죠. 엄마는 매일 아침 눈을 뜨면 습관처럼 내 얼굴을 만졌어요.

"지영아. 너는 언니처럼 나쁜 딸이 되면 안 돼. 부모보다 먼저 가는 게 얼마나 큰 불효인지 아니? 우리 지영이 착한 딸 될 거지? 약속해. 물가는 절대 안 가겠다고."

엄마를 실망시키고 싶지 않았죠. 그래서 코앞에 바다가 있는데도 한 번도 바닷물에 들어가지 않았어요.

잠 못 이루는 밤이면 엄마는 바닷가로 나갔어요. 밤하늘엔 푸르스름한 초승달이 떠 있었죠. 엄마는 모래밭에 앉아 초승

달을 올려다보며 말없이 눈물만 흘렸어요. 엄마는 그 달을 언니의 조그마한 몸이 나타난 것이라 생각했나 봐요. 언니의 죽음은 남은 가족에게 족쇄를 채우고 어두운 그늘을 드리웠어요.

나는 서른 살이 되자 그 족쇄를 끊어버리고 싶었어요. 인생의 바다 스스로 항해하고 싶은 욕구가 가슴 밑바닥부터 치밀어 올라왔죠. 그리고 엄마에게도 항해술을 다시 가르쳐 주고 싶었어요. 그 항해술 잘만 터득하면 높이 파도치는 바다도 가를 수 있었거든요.

저녁노을 붉게 물든 어느 날, 엄마와 바닷가에 나갔어요. 수평선 너머로 노을이 사라지고 있었죠. 엄마와 나는 백사장에 앉아 지나온 날들을 두런두런 이야기했어요. 어느새 시간이 흘러 밤하늘엔 보름달도 뜨고 별도 떴어요. 엄마가 좋아하는 보름달이었죠.

"네 언니는 별똥별 참 좋아했는데. 별똥별 보면서 간절히 소원 빌면 이루어진다며 이맘때 하늘에서 떨어지는 별똥별을 줍곤 했었지."

문득 초승달 한가운데 푸른빛의 기운이 진해지더니 그 옆 유난히 빛나는 별에서 무수한 별똥별이 쏟아졌어요. 별똥별이 떠다니는 파도 주변의 일렁임이 엄마의 가슴을 적시는 것 같았어요.

나는 별똥별 떨어지는 밤바다 파도를 가르고 싶었어요. 밤바다는 나에겐 첫 도전이었죠. 나는 서핑보드에 몸을 맡기고 검은 파도를 향해 천천히 나아갔어요. 그 밤 높게 일렁이는 파도에 나는 심장이 터질 것 같았죠. 나는 파도가 높을수록 한 몸처럼 파도를 느끼며 서핑보드 위에 균형을 잡고 일어섰어요. 마침내 피크를 정복하며 밤바다 물결을 뛰어넘었죠.

그때였어요. 내 주변으로 쏟아지는 수많은 별똥별을 보았어요. 그중 별똥별 하나가 하늘을 가르며 날아와 서핑보드 위에 떨어졌어요.

그것은 언니가 그렇게 좋아하던 작은 별똥별이었어요.

그녀만의 향기

 개수대의 수도꼭지를 틀자 물줄기가 반짝이며 흘러내렸다. 영채는 수세미에 세제를 묻혔다. 그녀는 그릇 하나를 조심스레 물속에 담갔다. 손끝으로 접시를 들어 올릴 때마다 음식 찌꺼기와 기름기들이 세제 거품 속에서 뒤엉켜 씻겨 나갔다.
 영채는 맨손으로 설거지하는 걸 좋아했다. 접시가 '뽀드득' 소리를 내며 닦일 때마다 속이 시원해졌다.
 "덕지덕지 묻은 마음속 때도 말끔히 사라져라."
 깨끗이 씻긴 사각 접시가 뽀얗게 제 얼굴을 내밀었다. 국그릇, 밥그릇, 반찬 접시들이 제자리를 다한 듯 설거지 건조대 위에 차곡차곡 쌓였다. 그녀는 마른 수건으로 손을 닦았다. 수건과 피부가 맞닿은 순간 오른손 검지가 화끈거렸다.

영채는 변기 뚜껑을 열고 샴푸를 두세 번 짜서 물에 풀었다

손가락을 뒤집어 살폈다. 두 번째 손가락 마디의 껍질이 벗겨져 울퉁불퉁하고 붉은 속살이 드러나 있었다. 그녀는 혼자 중얼거렸다.

"맨손 설거지 때문인가. 주부습진인가 고무장갑을 사야겠네."

생각보다 통증은 매서웠다. 영채는 황급히 집을 나서 동네 슈퍼로 향했다. 곧장 고무장갑 한 켤레만 사들고 와 식탁 위에 툭 던져 놓고는 무심히 화장실로 들어갔다.

화장실 바닥은 머리카락과 물때로 눅진했고, 벽면의 타일 사이엔 검은곰팡이가 덕지덕지 엉겨 붙어 있었다.

"정말 지저분하네. 제대로 한 번 해보자."

영채는 대야에 물을 받아 샴푸를 풀었다. 청소용 철수세미

를 찾아 들었다. 그녀는 샴푸로 청소했다. 샴푸의 향기가 욕실 가득 번지는 것도 좋았고 무엇보다 물때가 잘 지워졌다.

"씻어내는 데는 역시 샴푸가 최고지."

바닥과 벽이 만나는 구석은 아무리 힘껏 문질러도 묵은 때가 좀처럼 지워지지 않았다.

"이놈의 곰팡이 끝이 없네. 보기만 해도 숨 막혀."

한숨이 절로 나왔다. 이마에 송골송골 땀이 맺혔다. 하수구 구멍엔 머리카락이 덩어리째 엉켜 있었다. 영채는 변기 뚜껑을 열고 샴푸를 두세 번 짜서 물에 풀었다. 팔소매를 팔꿈치까지 걷고 맨손으로 철수세미를 들었다. 어느새 손가락은 퉁퉁 붓고 마디마디가 얼얼해졌다.

"고무장갑. 아차, 식탁 위에 그대로 두고 왔지."

영채는 중얼거렸다.

"60 평생, 맨손으로 설거지하고 변기 청소했는데. 이젠 손가락 마디들이 아프다고 난리네."

샴푸 향이 욕실 구석구석에 은은히 배었다. 영채는 스마트폰을 꺼냈다. 말끔히 정돈된 욕실과 반짝이는 개수대를 사진에 담았다. 시간을 보니 어느덧 세 시간이 흘러 있었다.

그때 핸드폰이 진동했다. 문자가 도착했다.

- 청소 다 끝나셨나요?
- 네, 고객님. 부탁하신 대로 구석구석 꼼꼼히 청소해드렸

어요. 싱크대 설거지, 화장실 바닥, 변기까지 아주 깨끗이 정리했답니다. 사진 지금 전송해 드릴게요.

　- 세 시간에 4만 원 맞죠? 사진보고 바로 이체할게요.

　- 감사합니다, 고객님. 깨끗한 공간 보시고 힐링이 되셨으면 좋겠어요. 다음에도 꼭 이용해 주세요.

　영채는 청소도구 가방에 고무장갑과 샴푸를 챙겨 넣었다. 현관문을 열고 나섰다. 신호등 앞에 멈춰 서서 잠시 하늘을 올려다보았다. 벗겨진 피부 위로 바람이 지나갔다. 영채는 손가락을 들여다보며 다음 집으로 걸음을 재촉했다. 아린 손끝에서 위로의 샴푸 향기가 풍겨 나왔다.

유통기한

 아침부터 유연의 얼굴이 벌겋게 달아올랐다. 그는 직원들을 회의실로 불러들였다. 찌푸린 눈썹 아래 날카로운 눈빛이 번뜩였다.
 "썩었어. 냄새가 진동한다고. 도대체 뭘 하는 거야? 바퀴벌레처럼 기어 다니면서 유통기한 지난 물건 하나 제대로 처리 못 해? 월급만 축내는 것들 모조리 잘라버려."
 앞자리에 앉아 있던 인사과장이 조심스레 입을 열었다.
 "며칠 전 기한 하루 지난 우유를 먹은 아이가 식중독에 걸렸습니다. 그 일이 보도되면서 회사 이미지가 많이 타격을 입었습니다."
 유연이 소리를 질렀다.
 "뭐야? 유통기한 지난 물건은 바로 수거하라고 지시했잖아. 매스컴 담당 누구야? 언론 관리도 제대로 못 해?"

직원들을 다스리려면 카리스마가 필요했다. 그래야 감히 달려들지 못했다. 유연의 기세에 눌린 직원들은 회의가 끝나자 하나같이 화장실로 달려갔다. 누군가는 아침밥이 탈났다고 했고 또 누군가는 복통으로 헛구역질을 했다. 진짜로 아픈 건지 가짜로 아픈 건지 그들은 매번 그랬다. 직원들이 우르르 빠져나가자 유연은 인사과장을 따로 불렀다.

"신제품 담당 말이야. 지난 몇 달 실적이 엉망이지? 능력 있는 사람 하나 새로 끌어들여. 더는 못 봐주겠어."

인사과장은 잠시 머뭇거리다가 조심스레 말했다.

"한 번만 기회를 더 주시면 안 될까요. 요즘 우유 소비 자체가 많이 줄어서 전체적으로 판매가 부진합니다."

"변명하지 마. 새로운 아이디어로 돌파해야 할 거 아냐. 머리는 장식이야? 당장 그 자식부터 잘라."

인사과장의 얼굴이 하얗게 질렸다.

"제가 신제품 담당 겸직하는 거 아시잖습니까. 회사 초창기부터 밤낮없이 같이 키운 사람이 접니다."

유연은 두 눈을 더욱 부릅떴다.

"인생은 타이밍이야. 너랑 나, 인연도 여기까지인 거지. 썩은 밑동을 도려내지 않으면 결국 줄기 전체가 썩는 법."

유연의 얼굴을 똑바로 쳐다보며 인사과장이 말했다.

"내가 아이디어의 원천이라는 걸 아직도 모르는군."

유연은 노기 띤 눈빛을 거두지 않았다.

"인생은 잘라내기 게임이야. 언제 썩을지 모르는 부위를 미리 쳐내는 거. 그게 자본주의 사회에서의 생존게임이야."

인사과장이 벌떡 일어섰다.

"야. 그렇게 살지 마. 득이 될지 실이 될지 네가 잘라낸 그 가지 끝에서 누가 더 커나갈지 보자고. 지켜보겠어."

인사과장이 살얼음 같은 표정을 짓더니 뒤돌아서서 나갔다. 유연은 그 뒷모습이 완전히 시야에서 사라질 때까지 한 발짝도 움직이지 않은 채 노려보았다. 유연은 갑자기 아랫배를 움켜쥐었다. 속이 울렁였다.

"아침에 먹은 게 탈이라도 났나?"

유연은 다리를 비비 꼬며 화장실로 급히 향했다. 첫 번째 칸은 잠겨 있었다. 그는 서둘러 두 번째 칸으로 들어갔다. 뱃속이 뒤집혔다. 문제는 휴지였다. 휴지걸이에는 텅 빈 심지만 덩그러니 있었다. 유연은 옆 칸 문을 세게 두들겼다.

"저기. 휴지 좀 주실 수 있을까요?"

한동안 아무 소리 없던 옆 칸에서 조용히 손이 올라왔다. 휴지가 가지런히 말려 있었다.

"아이쿠, 감사합니다. 하여간 망할 놈의 청소부, 휴지도 안 채워 놓고. 다 잘라버려야 해."

유연은 중얼거리며 화장실을 나왔다. 바로 그때 세면대 앞에서 손을 닦고 있던 인사과장과 눈이 마주쳤다. 유연은 어색한 미소를 지었지만 인사과장은 아무 말이 없었다. 이윽고

물기를 털고 조용히 떠났다. 유연은 중얼거렸다.
"가만있자. 된장은 유통기한이 있던가?"

가면 인형

집 번호 키 비밀번호를 누르는 영주의 손이 부들부들 떨렸다. 영주는 현관문을 냅다 발로 걷어찼다. 그래도 분이 풀리지 않았다. 귀청이 떨어져 나갈 정도로 현관문을 꽝하고 닫았다. 거실의 벽시계는 저녁 8시 30분을 가리키고 있었다.

영주는 곧장 부엌으로 향했다. 싱크대 위 찬장을 열자 가지런히 놓인 사기 접시들이 눈에 들어왔다. 그녀는 손에 잡히는 대로 접시를 들고 화장실로 향했다.

"미친놈. 사이코패스가 따로 없지."

영주의 눈빛에 독기가 서렸다. 그녀는 있는 힘껏 화장실 타일 바닥에 접시를 내리쳤다. 접시가 산산조각이 났다. 파편이 사방으로 튀었다. 그중 하나가 왼쪽 뺨을 스쳤다. 피가 가늘게 흘러내렸다. 영주는 왼손으로 피를 닦아 입에 가져갔다. 비릿한 맛이 혀끝에 스며들었다.

요 며칠째 반복되는 뮤지컬 단장의 언어폭력은 점점 강도를 더해가고 있었다. 대들기라도 했다가는 파리 목숨처럼 내쳐질 게 뻔했다. 배우 지망생은 넘쳐났다. 영주는 생각했다.

'나 같은 피라미 잘리는 건 눈 하나 깜짝할 일도 아니지.'

욕실 한가득 분노를 쏟아낸 영주는 지친 망아지처럼 침대에 쓰러졌다. 마음이 매일같이 무너져 내리고 있었다. 다음 날 아침 영주는 화장대 앞에 앉아 거울을 바라보았다. 조심스레 수분 크림과 영양 크림을 덧바르고 파편에 찍힌 상처는 비비크림으로 가렸다. 짙은 무대 분장은 연습실에 도착해서야 할 수 있었다. 영주는 거울 속 자신에게 씩 웃어보였다.

"영주야, 오늘도 가면놀이 잘하고 오자. 동료들 만나면 상큼한 미소, 단장 앞에선 입 꼬리 올려 애교 섞인 목소리. 속마음 들키면 안 돼. 양미간 찌푸리지 말고 팔자주름 조심하자. 억지 미소도 자꾸 지으면 진짜가 된대. 자, 오늘도 파이팅."

영주는 입술에 옅은 분홍 립스틱을 바르고 그 위에 립밤을 덧발랐다. 화장을 하면 이상하게 자신감이 솟았다. 영주는 거울을 향해 다시 한 번 외쳤다.

"영주야, 너 오늘 정말 예쁘다. 기미도 주근깨도 완벽히 가렸어. 이 맛에 화장하는 거지. 마인드 셋 업! 자기 최면, 완료!"

어깨를 활짝 펴고 연습실에 도착하니 파충류처럼 생긴 단장이 기다리고 있었다. 그의 입은 툭 튀어나와 있었다. 영주는 그를 '악어'라 불렀다. 그 입에서 또 무슨 말이 튀어나올까?

잡아먹는 말, 베어버리는 말 그만하라고. 영주는 소리치고 싶었다. 하지만 입가에 맴돌 뿐이었다. 영주는 파충류를 무척 싫어했다. 그런데 악어 입을 매번 바라봐야 하니 곤욕이었다.

단장을 마주한 영주는 함빡 미소를 지었다. 단장님. 알겠습니다. 주연 자리에 오르기까지 간도 쓸개도 필요 없다. 이를 악물어야 한다. 피나는 노력을 해야 한다. 그보다 더 중요한 것은 단장 마음에 들어야 한다. 단장은 사소해 보이는 손동작 하나까지 지적했다.

"그딴 식으로 할 거면 당장 때려 쳐! 평생 조연으로 살다 조용히 사라지라고. 성악 전공 맞아? 목소리는 왜 갈라지고 째지는데? 잠자는 시간 빼고 연습하라니까 아직도 이 모양이야? 관객은 돈줄이고 신이야. 너 같은 게 관객을 모독하는 거야."

영주는 단장의 악어 입에 손으로 한 움큼 생선 가시를 집어넣는 상상을 하며 애교섞인 목소리로 대답했다.

"네. 단장님. 더욱 연습해서 완벽한 배역 보여드리겠습니다."

내 마음 들키면 안 된다. 나는 배우니까. 지금 당장 당하는 굴욕을 넘어 언젠가 조명이 나를 비추는 날이 올 테니까. 영주는 매일 단장 앞에서 마음의 가면을 썼다. 웃고, 끄덕이고, 맞장구치며 스스로를 잊었다. 참기 힘든 날 영주는 집에 와서 사기그릇을 깨며 마음을 지켜냈다. 영주는 꿈에서조차 춤추고 노래를 불렀다.

아무도 영주의 진짜 꿈을 몰랐다. 세계적인 뮤지컬 무대에

서는 것이 영주의 마지막 미션이었다. 서른여섯의 나이. 너무 늦은 걸까? 그녀는 하루에 열 시간을 노래하며 살아냈다. 어느 날 노래가 공기를 가르는 찰나 목소리가 하늘을 밀어 올리는 짜릿한 순간을 느꼈다.

뮤지컬 전문 사이트에 대형 기획사가 주최하는 오디션 공고가 떴다. 세계무대를 향한 티켓이었다.

오디션 날 극한의 고음을 뚫어내던 영주의 입술이 부르르 떨렸다. 이번엔 분노가 아닌 기쁨의 떨림이었다. 영주는 뮤지컬 기획자의 눈이 반짝이는 걸 느꼈다. 그는 손뼉을 치며 탄성을 질렀다.

"다이아몬드 원석이 한국에 숨어있었군요."

최종 오디션 장면은 생중계되었다 그 방송을 보고 있는 단장의 표정이 일그러졌다. 악어의 입이 무너지는 순간이었다. 이제 가면 인형은 무대를 떠날 준비가 되어 있었다.

"단장 앞에서 가면 인형 놀이 끝. 연습실에 나가서 그에게 마지막 미소를 멋지게 지어주어야 할 텐데."

영주는 길을 걷다 문득 눈에 띈 고양이 가면 하나를 샀다. 가면 정면에 커터 칼로 얇게 스크래치를 내고, 고급스러운 포장지에 싸서 리본을 맸다.

'단장님께 드리는 선물입니다. 그동안 정말 감사했습니다.'

땡큐 카드에 글씨를 써내려가며 단장 앞에서 억지로 지어왔던 미소가 고양이 가면 위에 앙큼하게 피어올랐다.

빨간 남자

예배당 문이 삐걱거리며 천천히 열렸다. 햇살이 나른한 봄날 아침이었다. 문턱에 '빨간 남자'가 섰다. 예순 중반쯤 되어 보이는 남자는 온통 붉은빛에 휩싸여 있었다. 체리 색으로 곱게 물든 머리카락은 유행하는 시스루 댄디 컷으로 단정하게 정리되어 있었다. 줄무늬가 선명한 붉은 바지와 골프 티셔츠, 발끝엔 나이키 로고가 박힌 진홍색 운동화와 손에 든 스마트폰도 붉은 케이스에 쌓여 있었다.

장의자에 윤리 교과서처럼 반듯하게 앉아 있던 교인들의 눈동자가 흔들렸다. 그는 사람들의 시선을 온몸으로 받으며 마른기침을 몇 번 하더니 예배당 맨 뒤쪽 장의자에 조심스레 앉았다. 곧 두 손을 모아 기도하는 자세를 취했다.

예배가 끝나자 앞줄의 노인이 자리에서 일어나 고개를 돌렸다. 그의 눈빛에는 경멸이 서려 있었다. 노인이 혀를 찼다.

"가관이군. 말세야. 말세."

빨간 남자는 개의치 않았다. 미소를 머금은 얼굴로 벌떡 일어나 뒷문 쪽으로 성큼 걸어가더니 우르르 빠져나오는 사람들을 향해 또렷한 중저음으로 인사를 건넸다.

"주일 아침입니다! 기쁜 날이네요."

그 당당한 기세에 사람들은 속삭였다.

"해병대 출신인가?"

"저 정도면 실버모델 아니야?"

안내 담당 집사가 어수선한 분위기를 뚫고 다가왔다.

"환영합니다. 패션 감각 정말 남다르시네요. 모델 같으세요."

빨간 남자는 환한 미소로 화답했다.

"기쁨의 빨간 길, 환희의 붉은 길을 따라 먼 길 돌아왔습니다."

안내자는 고개를 끄덕이며 따뜻한 목소리로 말했다.

"잘 오셨어요. 여긴 누구든 안식을 얻는 주님의 집이랍니다."

평생 아름답지 않은 모습들을 너무 많이 보아온 빨간 남자는 그가 꿈꾸던 좋은 사람들이 이곳에 있을까 문득 생각했다. 예배당을 나서며 남자는 지나가는 사람들에게 손을 내밀었다. 어떤 이는 그의 손을 조심스레 잡았고, 어떤 이는 슬쩍 외면했다.

 그날 이후, 빨간 남자는 매주 예배당에 나타났다. 빨간 양복에 붉은 넥타이를 매고 예배당 맨 앞에 앉아 조용히 기도했다. 사람들이 오기 전 구석진 자리를 쓸고 닦으며 정갈하게 공간을 청소했다. 그의 붉은 기운이 예배당 구석구석에 번지기 시작했다.

 공간은 여전했지만 어딘가 새로워 보였다.

 나이 지긋한 노인이 계단 난간을 잡고 올라오다가 멈칫했다. 노인은 손에 든 지팡이를 남자를 향해 치켜들었다. 빨간 남자는 노인에게 한 걸음 더 다가갔다.

 "어서 오세요. 어르신. 기쁜 날입니다."

 "굴러온 돌이 박힌 돌 뽑는다더니. 옷차림이 그게 뭐야? 경거망동하게."

 "네. 어르신. 그저 인사하고 싶어서요."

　노인은 성큼성큼 걸어와 빨간 남자의 코앞에 자기의 얼굴을 들이대며 나직하게 말했다.
　"나대지 말라고."
　사교적인 그는 노인들에게 밥을 사고 집에 초대해 한상차림을 내기도 했다. 처음엔 낯가림 하며 어색해하던 이들도 그의 변치 않는 미소에 점차 마음을 열었다.
　어느 날 안내하는 여 집사가 빨간 남자에게 물었다.
　"왜 그렇게 빨간 옷만 입으세요?"
　그는 멋쩍게 웃으며 말했다.
　"원체 빨간색을 좋아해서요."
　안내자가 흰 와이셔츠 하나를 내밀며 말했다.
　"이건 선물이에요. 다음 주엔 이 옷 한번 입고 오셔요."
　빨간 남자는 수줍은 듯 빨간 미소를 지었다. 한 주가 지나고 빨간 남자는 그 흰 와이셔츠를 붉게 염색해 입고 나타났다. 안내자의 얼굴에 하얀 웃음이 피었다.

남자는 처음으로 진지하게 자신의 마음을 열어 보였다.

"젊은 시절 한 아가씨를 사랑했어요. 가난한 나와는 달리 그녀는 부잣집 딸이었죠. 집안의 반대가 심했어요."

저녁노을 붉게 물든 하늘이 아름답던 날 둘은 헤어졌다. 그날 그녀는 자기의 목에 두르고 있던 빨간 스카프를 풀어 남자의 목에 매어주고 속삭였다.

"제 몸의 온기를 가져가세요."

그녀는 남자의 이마에 입을 맞췄다. 남자는 떨리는 손으로 그녀를 끌어안았다. 붉은 스카프의 끝자락이 바람에 날렸다. 주위는 고요했다. 남자는 그녀를 품 안에서 천천히 놓았다.

여자가 붉은 노을 속으로 아스라이 사라지자 남자의 눈과 귀가 열렸다. 세상은 그대로인데 남자에게는 그대로의 세상이 아니었다. 그때부터 세상의 모든 것이 빨갛게 보이기 시작했다. 밥알도, 나무도, 하늘도, 구름도. 세상의 모든 색이 붉게 물들었다. 남자의 눈에는 그녀의 붉은 형상만 아른거렸다.

남자는 빨간 옷을 입을 때마다 첫사랑 여자의 형상도 같이 입었다. 사랑을 지켜내지 못한 빨간 남자는 그리운 그녀를 그렇게라도 기억하고 싶었다. 그 육신적인 욕망은 이제 정신적으로 승화되어 그녀의 온기만 남았다.

장마가 지나가고 맑은 가을아침이었다. 빨간 남자가 예배당에 들어섰을 때 평소 그를 노려보던 노인이 빙긋 웃었다. 노인이 머뭇머뭇하더니 그의 손에 작은 상자를 슬며시 건넸다.

"이거 선물이라네."

남자는 밖으로 나와 상자를 열었다. 그 안에는 붉은 허리벨트가 곱게 놓여 있었다. 그는 하늘을 향해 허리띠를 치켜들었다. 맑게 갠 하늘 한복판에 붉은 노을이 번져 있었다. 마치 누군가의 손길이 천천히 물감을 흘려보낸 듯했다. 그는 허리에 붉은 벨트를 맸다. 허리띠는 사랑의 빨간 빛을 발했다.

남자의 마음

 언니, 오늘 낮에 동네 시장에 다녀왔어. 대로변 따라 걷다 보면 시장 끝자락쯤에 내가 자주 들르는 단골 속옷 가게가 있잖아. 사장은 마흔 중후반쯤 되어 보이는 남자고 여자 둘이 번갈아 가게를 지키곤 해. 한 명은 아내 같고 다른 한 명은 종업원처럼 보이더라. 그날도 속옷을 사려고 가게에 들렀지. 그런데 못 볼꼴을 보고 말았어. 글쎄 말이야. 남자 사장 무릎 위에 여자가 앉아 있는 거야. 둘은 서로 껴안고 웃느라 내가 가게에 들어선 줄도 몰랐지 뭐야.

 "저기요, 속옷 좀 보려고요. 사이즈 좀 찾아주세요."

 말을 건네자 두 사람은 화들짝 놀라 얼굴을 붉히고선 나와 눈도 못 마주치더라. 당황한 기색이 역력했어. 모양새가 참

그랬어. 그 여자는 평소 가게를 지키던 여자 중 한 사람이었어.

언니도 큰 시장에서 20년 넘게 장사했잖아. 별의별 꼴 다 봤을 텐데, 어때 보여?

중년 부부가 대낮에 그것도 장사하는 가게에서 아내를 무릎에 앉히고 희희낙락할 수 있을까? 신혼도 아니고 말이야.

호호 그러게 말이다. 부부가 옷 장사 같이하는 사람치고 붙어서 싸우는 사람은 봤어도 마누라 무릎에 앉히고 장사하는 사람은 못 봤는데 말이야.

언니 말처럼 나도 당연히 그렇게 생각되는 거야. 아내일까, 여자 종업원일까? 혹시 아내가 없는 틈을 타 종업원을 무릎에 앉혀 놓고 논 게 아닐까 싶기도 하고. 그것도 대낮에 말이야. 머릿속이 복잡해지더라니까. 평소에 나는 속옷 가게 들르면 물건만 사서 나왔거든. 비슷한 또래의 두 여자 중 누가 아내인지 한 번도 물어본 적이 없었어. 오랜만에 셜록 홈즈가 된 기분이네?

원래 남의 이야기하는 게 재미있잖니. 무척 궁금하다 얘. 그래서 그다음에 어쨌는데?

어쩌긴 뭘 어째. 그날은 나도 당황해서 부랴부랴 내 속옷만 재빨리 사가지고 나왔지.

야. 뭘 고민하니? 보나 마나 그렇고 그런 사이지.

며칠 뒤 나는 다시 그 가게에 갔다. 이번엔 사장은 없고 그날 무릎에 앉아 있던 여자만 가게를 지키고 있었다.

"사장님은 오늘 안 계시네요? 종업원이세요?"

"아니요. 사장님이 제 남편인데요."

"아, 그러시구나. 어쩜 그렇게 사이가 좋으세요? 그날 봤어요. 무릎에 앉아 계신 거."

"아. 네. 호호호. 그날 무안하셨죠?"

"깜짝 놀랐죠. 혹시나요. 하하."

그녀는 머쓱하게 웃으며 말을 이었다.

"스무 살 갓 넘어서 결혼했거든요. 먹고살기 바빠서, 둘 다 정신없이 살았어요."

나는 고개를 크게 끄덕이며 그녀를 바라보았다.

"대부분의 부부가 그렇죠. 아이 키우고 일하느라 하루하루 정신없이 흘러가잖아요. 그러다 보면 권태기도 오고."

그녀가 담담한 표정으로 말을 이었다.

"어느 날 문득 거울을 봤어요. 그 안에 있는 내가 너무 낯설더라고요. 기미는 늘어가고, 웃음은 줄어들고. 하루하루가 시들해지고 우울증이 왔죠. 부부 사이는 점점 멀어졌고요. 애들은 어느새 다 컸고, 종일 가게에서 붙어 지내다 보니 사소한 말다툼이 점점 커지더라고요."

하루가 멀다 하고 한숨만 내쉬던 그녀는 가게 문을 박차고 나왔다. 하늘에 떠 있는 뭉게구름을 멍하니 바라보다가 상담을 받으러 갔다. 정신과 의사가 여자에게 처방전을 내려주었다.

"하루에 한 가지씩 남편을 칭찬해주고 매일 5분만 불타오르세요."

"5분만이요?"

"아침, 저녁으로 남편을 꼭 안아주세요. 한 달만 실천해 봐요."

처음엔 아내가 미쳤나 눈을 동그랗게 뜨고 바라보던 남편이 조금씩 변하더라고 했다. 여자는 남편을 안을수록 남편에게 이쁜 말과 이쁜 몸짓을 하기로 마음먹었다.

"오늘은 1일 1팩 해줄게. 남자도 피부 관리해야 해."

"피곤하지. 오늘은 어깨 안마. 많이 뭉쳤네."

"무릎 베고 누워봐. 귀 파줄게. 자세히 보니 당신 귀 잘생겼다."

여자는 따뜻한 물을 받아 남자의 발을 세심하게 어루만지며 씻겨주고 새 수건으로 닦아주었다. 아침마다 영양제를 종류별로 꺼내서 작고 예쁜 접시에 담아 물 한 컵과 함께 남자에게 가져다주었다. 신경을 많이 써야 하는 일이었지만 5분만 더 신경 쓰면 되는 일이기도 했다. 시간이 흘러 그날은 남편에게 칭찬과 스킨십 시작한 지 한 달째였다.

손님이 없는 틈을 타 남편이 아내를 무릎에 앉히며 귀에 속삭였단다.
 "마음 이쁜 여자가 좋아."

초격차

 A는 어느 새 남자의 시야에서 사라졌다. 남자는 몸에 자꾸만 달라붙는 가시덤불을 떼어내느라 얼굴이 달아오르고 숨이 가빠왔다. 저만치 앞서 가던 A가 그를 향해 손짓했다. A를 뒤쫓아 올라가려고 사다리 위로 급히 손을 뻗는 순간 발을 헛디뎠다. 그는 그대로 땅바닥에 고꾸라졌다. 격렬한 통증과 함께 알 수 없는 무력감이 남자를 짓눌렀다. 이대로 퇴물이 될 수는 없었다.
 그는 자기 계발분야에서 손꼽히는 톱클래스 강사였다. 동종 업계에서 이름만 대면 통할 정도로 잘나갔다.
 "새벽 4시에 일어나십시오! '미라클 모닝' 들어보셨죠? 시간을 어떻게 쓰느냐에 따라 부의 격차가 생깁니다. 당장 이불을 박차고 나오세요! 저는 매일 아파트 14층 계단을 오르

> 남자의 발걸음에 태초의 빛이 임했다
> 그 빛은 지구를 뚫고, 우주를 지나 창조의 본질 앞에 남자를 데려갔다

내립니다. 엘리베이터? 사용하지 않습니다. 체력은 자기관리의 기본입니다."

그는 해마다 새로운 목표를 세웠다. 머릿속에는 언제나 청사진이 넘쳐났다. 올해도 예외는 아니었다. 그의 수첩은 빼곡한 일정표로 숨 쉴 틈도 없었다. 강남 한복판 한강이 내려다보이는 고층 아파트에 사는 것이 가까운 꿈처럼 다가오고 있었다. 그런데 뜻하지 않은 변종 바이러스의 출현은 모든 것을 송두리째 흔들어버렸다. 그의 강의는 줄줄이 취소되었다. 부풀었던 꿈은 순식간에 물거품이 되었다.

"젠장. 다 틀렸어."

변종 바이러스는 멈출 기미가 보이지 않았다. 점점 배고파진 남자는 하늘을 향해 삿대질했다. 남자는 어깨를 축 늘어

트린 채 길을 걷다가 골목 끝에 있는 해장국집 문을 열고 들어갔다.

"국밥 한 그릇 주세요."

옆 테이블에서 청년 둘이 시끄럽게 떠들고 있었다.

"바이러스 시대, 위기가 기회야. 부자로 가는 지름길, 고수가 되느냐 하수가 되느냐 한 끗 차이야."

"단군 이래 돈 벌기 가장 좋은 시대가 왔어."

그들의 입은 쉴 새가 없었다. 남자는 자기도 모르게 그들의 대화에 귀를 기울였다. 나만 뒤처질 순 없지. 뭐부터 해야 하지? 언택트 시대를 맞아 남자도 최신형 스마트 폰을 샀다. 그는 작고 네모난 화면 앞에서 마스크를 벗고 사람들과 온라인으로 소통하기 시작했다. 경쟁하는 강사들을 이기는 비결은 잠을 줄여서라도 새로운 기술을 익히는 길이 최우선이었다. 남자는 시대를 진단하고 대비하는 책들을 마구 사들였다. 방 한가운데, 읽지도 못한 신간 서적이 탑처럼 쌓여갔다. 책장을 정리하려고 낡은 책들을 꺼냈다. 모퉁이에 비스듬히 기대어 있던 오래된 책 한 권이 발 앞에 툭 떨어졌다.

남자는 책을 집어 들었다. 겉표지를 문지르자 손바닥에 뽀얀 먼지가 스몄다. 그것은 돌아가신 어머니의 성경책이었다. 남자는 조심스럽게 첫 장을 펼쳤다.

'태초에 하나님이 천지를 창조하시니라.'

남자는 가만히 눈을 감았다. 그의 눈앞에 광활한 우주가 펼쳐졌다. 깊이 잊고 있었던 음성이 남자의 뇌리를 관통했다. 빛이 있으라 하시니 빛이 있었고. 청량한 기운이 남자의 몸을 감쌌다.

'그래. 전능자의 숨결 아래. 전능자의 그늘 아래. 그분께 힘의 근원이 있음을.'

남자의 발걸음에 태초의 빛이 임했다. 그 빛은 지구를 뚫고, 우주를 지나 창조의 본질 앞에 남자를 데려갔다. 그 앞에서 별들은 눈부신 먼지였고 지구는 점 하나에 불과했다. 그 찬란한 빛은 격차를 줄이려 버둥거리는 사람들이 미처 생각지 못한 초격차였다.

신기루

 사방은 고요하고 캄캄했다. 눅진한 어둠이 차창을 타고 스며들었다. 새벽 5시. 그는 어깨를 덮은 긴 머리를 흔들며 라디오의 볼륨을 높였다. 4차선 고속도로엔 몇 대의 자동차만이 어둠을 뚫고 무채색 질주를 하고 있었다. 그는 차의 속력을 더 높였다. 속도계 바늘은 어느새 시속 110킬로를 넘어서 있었다. 잿빛 안개가 도로를 삼켜가는 풍경은 그의 삶과 닮아 있었다.

 결혼은 그에게 맞지 않는 제도였다. 세 번의 결혼, 세 번의 실패. 사랑이라고 믿었던 것들은 모래알처럼 흩어져버렸다. 희미하게 보이던 희망은 언제나 신기루처럼 사라졌다.

 사막을 걷는 꿈을 꾼 건 신혼 첫날밤이었다. 햇볕에 쩍쩍 갈라진 사막의 한복판 그는 핏발 선 태양 아래서 맨발로 걷고 있었다. 뜨거운 태양과 모래바람이 유리조각처럼 얼굴을 찔렀다. 멀리 오아시스가 보였다. 그는 그곳을 향해 숨이 턱에 차도록 뛰었다. 가까워질수록 그것은 천천히 허물어졌다. 그의 눈앞에서 투명하고 아름답게 빛나던 풍경들은 공중에서 흩어지며 사라졌다.

 팔이 저렸다. 그는 갓 아내가 된 여인과 나란히 누워 있다는 사실을 깨달았다. 팔베개 해준 팔을 살짝 비틀어 뺐다. 갑갑증이 몰려왔다. 신혼시절 달콤한 환상의 시간이 지나고 눈의 비늘이 벗겨졌다.
 첫 번째 아내는 정리의 신이었다. 매일 먼지 한 톨 없이 쓸고 닦았다. 옷을 의자에 걸치지도 양말을 뒤집어 벗지도 못하게 했다. 그녀의 말은 명령이었고 그는 그 틀 안에 꼼짝없이 갇혔다. 사랑은 어느새 강박이 되었다. 그는 벗어나야 살 것 같았다. 어떤 물건이든지 나란히 줄 세워야 하고 각 잡아야 하는 강박증이 심했던 첫 아내와의 결혼생활은 오래가지 못했다.

 긴 터널을 지나 고속도로로 나왔다. 그는 추암 해변 일출을 보고 싶었다. 달리는 차 창 위로 안개가 자욱이 내려앉았다. 산봉우리에 걸터앉아있던 운무는 점점 땅으로 내려와 온 사방을 뒤덮었다. 도로에서 시간을 지체하고 싶지 않았다. 그는 혼자 말을 중얼거렸다.

신기루

"막히는 거 싫어서 꼭두새벽에 나섰는데. 생각지 않은 복병이 나타났군."

첫 아내와 헤어지고 두 해가 지났다. 외로움이 몰려왔다. 외로움과 싸워도 보았으나 육체의 본능이 발목을 잡았다. 앞날에 대한 불투명한 마음으로 밤마다 불면의 시간을 보냈다. 비어있는 침대보다 더 허전한 건 무거운 정적이었다.

그는 두 번째 아내를 얻었다. 두 번째 아내는 밤이면 망령을 꺼내왔다. 그녀의 질투는 그림자보다 더 빠르게 그에게 붙었다. 그의 귀가가 조금만 늦어도 의부증이 도졌다. 그녀는 이름 모를 여자들의 흔적을 허공에서 끌어내 자신의 어깨 위에 얹었다.

"이번엔 어떤 여자야?"

"아무도 아냐. 네가 만든 허상이야."

처음엔 부드럽게 달래도 보았다. 여자가 거기서 다 거기지 뭐. 그는 허상을 실체로 만들고 사랑을 감옥으로 바꾸는 그 여자도 떠나보내야 했다. 이번 생은 글러 먹었군. 다시 혼자가 되었다.

그는 마지막이라 다짐하며 세 번째 아내의 손을 꼭 잡았다. 그녀는 다정했다. 그 다정함은 몇 년 동안 지속되었다. 두 딸을 낳고 그녀는 조울증이 심해졌다. 그 뒤로 그녀의 다

정함은 거짓말처럼 식었다. 세 번째 결혼까지 마침표를 찍게 되자 그는 완전히 지쳤다. 남은 것은 실패라는 단어와 두 딸 아이뿐이었다. 그나마 딸들이 보여주는 맑은 웃음 때문에 그는 하루하루 견딜 수 있었다.

"마음이 식으면 보내야지."

여자들과 헤어질 때마다 그는 좌우명처럼 입 안에서 그 말을 굴렸다. 이 열등감 넘치는 인생 수많은 실패 끝에 얻은 것은 역설적이게도 공허한 해방감이었다. 불행 속에도 행복은 감추어져 있을 거라고 스스로를 위안했다.

안개는 점점 더 짙어졌다. 속도계는 백에서 칠십, 칠십에서 오십, 마침내 삼십에 멈췄다. 한치 앞이 보이지 않는 상황은 그가 지나온 인생의 축소판 같았다.

"일출 보긴 완전 글렀군."

동해 일출을 보려면 7시 30분까지는 해안에 도착해야 했다. 아직도 한 시간 반은 더 가야 하는데 안개라는 복병이 나타날 줄이야. 짙은 안개로 인해 제한된 가시거리가 가늠되지 않는 것이 그의 인생을 나타내는 것 같아 답답했다. 차 안에는 이글스의 호텔 캘리포니아 음악이 흐르고 있었다. 록큰롤 음악의 선율을 타고 미궁 속에서 헤매듯 고단했었던 세월이 머리를 스쳐 지나갔다. 그는 자신의 감정이 호텔 캘리포니아에 묶여 있음을 사랑이라는 환상에 중독되어 있음을 알았다. 그는 허상의 사랑에 목마른 남자였다. 끊임없이 물을 길었지만 마시지 못했고 사랑이라 부르던 감정은 갈증만 깊게 했다.

어두운 사막 위 고속도로에서,
식은 바람이 내 머리칼을 타고 흐르네.
호텔 캘리포니아에 오신 것을 환영합니다.
아주 아늑한 곳이죠.
아주 아름다운 풍경이죠.

고속도로를 벗어나자 추암 해변이 눈앞에 펼쳐졌다. 짙었던 안개가 어느새 걷히고 수평선 위로 붉은 태양이 떠오르고 있었다.
"세상은 우리를 부수지만 인간은 부서진 곳에서 더 강해진다고 헤밍웨이가 말했지."
그는 바다 위로 떠오르는 태양을 한동안 넋 놓고 바라보았다. 신기루 같은 인생이었다. 닿을 듯 닿지 않아 끝끝내 붙잡지 못했던 허상의 연속이었다. 붉은 태양 너머 바다 건너 그 섬에 가면 영원히 목마르지 않는 신비의 샘물이 있을 것 같았다.
"아름다운 섬, 신비의 섬, 나만의 섬으로 다시 한 걸음 내디뎌 보는 거야."
그는 돌아섰다. 더 이상 실망하지 않기로 했다. 심연 깊은 곳에서 밀려나온 고독의 잔 근육들이 어느새 단단히 자라있었다.

허기가 느껴졌다. 점퍼 주머니에서 작은 귤을 한 개 꺼내 껍질을 깠다. 한 조각을 입속에 넣었다. 새콤하면서도 달달한 맛이 혀끝을 맴돌았다. 나머지 조각을 입에 넣으려는 찰나 갈매기 한 마리가 잽싸게 귤을 낚아채더니 공중으로 훨훨 날아갔다. 그는 허공을 바라보다가 갈매기가 쪼아대던 손을 허허롭게 내려다보았다. 손을 탁탁 털고 입 꼬리를 지그시 올렸다.

그는 붉어진 얼굴로 터덜거리며 모래사장을 걸어 나왔다. 그때였다. 저만치서 그를 지그시 지켜보던 노인이 그에게 다가왔다. 노인은 빙그레 웃으며 생수병을 건넸다. 그는 목례를 하고 생수를 천천히 마셨다. 시원했다. 그는 노인을 바라보며 자신도 모르게 웃음을 터뜨렸다. 오랜만의 웃음이었다.

씽킹 우먼

그녀는 또 생각에 잠겼다.

"처음부터 기선을 제압했어야 했어. 녀석들 앞에서 괜히 순하게 굴었지. 그게 문제였어."

생각은 꼬리를 물고 이어졌다. 잡생각은 무성하게 자라나는 들풀처럼 그녀의 머릿속을 어지럽혔다.

"중2병은 약도 없다더니. 어쩌면 저렇게 천방지축일까?"

교사가 된 지 2년 차. 그녀는 남자 중학교 2학년 담임을 맡고 있었다. 새 학기가 시작된 이후 한 달 내내 불면증이 그녀를 따라다녔다. 알 수 없는 중압감이 매일 어깨를 짓눌렀고 오른쪽 관자놀이도 자주 지끈거렸다. 편두통이 다시 시작된 것이다.

그날도 그녀는 한숨도 못 자고 학교에 출근했다. 아이들은

> 기묘한 위엄이 그녀의 어조에 깃들자
> 떠다니던 물방개 같은 녀석들이 숨을 죽였다

이미 그녀의 온순함을 파악한 듯 제멋대로 날뛰었다. 교실 뒤편에선 시건방진 농담이 쏟아졌다. 그녀의 외모와 옷차림은 웃음거리였다.

"쌤 떴다. 쌤 면상 귀여워. 오늘은 어떤 패션쇼냐?"

"와, 킹갓제너럴 담탱이 등장!"

회초리 없는 세상 훈육은 텅 빈 메아리 같았다. 그녀가 학교현장에서 배운 첫 번째 진리는 교과서 속 이론은 아이들의 야성 앞에 무력하다는 것이었다.

"덩치 큰 녀석부터 기를 꺾어놨어야 했는데. 무슨 방법이 없을까?"

그녀는 유튜브에서 '카리스마 기르는 법'을 검색했다. 한 심리치료사가 열변을 토하고 있었다.

"저는 국내 최고의 심리치료사입니다. 최면요법 15회면 어떤 마음병도 고칠 수 있어요. 오직 저만의 비법입니다."

그녀는 서울에 있는 최면요법 심리치료사를 찾아갔다.

"잠이 오질 않아요. 가슴은 조여오고 머리는 깨질 것 같아요. 아이들 앞에 서면 가슴이 두근거려요."

심리치료사는 고개를 끄덕이며 말했다.

"어깨를 펴세요. 오늘부터 당당해지세요. 거울 앞에서 외치세요. '나는 카리스마가 넘친다. 나는 강하다. 나는 아이들의 정신세계를 평정할 수 있다.' 매일 출근하기 전 15번 외치세요."

이상하게도 거울 앞에서 마법 같은 주문을 외치고 나면 마음이 조금씩 평안해졌다. 머릿속 번개 같던 통증도 잦아들었다.

그날 그녀는 학교에 가장 먼저 도착했다. 가방을 교무실 책상에 내려놓고 운동장을 천천히 걸었다. 아무도 없는 운동장이 그녀를 포근히 안아주었다.

'저 녀석들 에너지를 어떻게 발산시킬까. 오늘은 최면을 시도해 보자.'

그녀는 하늘을 향해 크게 열다섯 번 외쳤다.

"나는 여왕이다. 저 녀석들은 나의 신하다."

교실로 들어섰다. 교실엔 사춘기 남학생 특유의 냄새가 진동했다. 창문을 활짝 열었다. 남자아이들의 냄새가 봄바람에

쓸려나갔다.

　조회 시간이 되자 교실은 아수라장이 되었다.

　"조용히 해. 자기 자리로 가서 앉아."

　녀석들은 들은 척도 않고 히죽거렸다. 그녀는 단호한 목소리로 말했다.

　"지금부터 고도의 집중 훈련을 한다. 잡생각은 사라지고, 머리는 맑아지고, 성적은 팍팍 오른다."

　기묘한 위엄이 그녀의 어조에 깃들자 떠다니던 물방개 같은 녀석들이 숨을 죽였다. 그녀의 목소리는 조용하면서도 단단했다.

　"몸의 힘부터 빼고 봄바람을 상상해. 따뜻한 바람이 이마를 스친다. 뺨이 부드러워진다. 머리부터 발끝까지 편안해진다. 입술도 부드러워진다. 순간 강력한 접착제가 네 입술에 붙는다."

　순간 교실은 완전한 정적에 잠겼다. 녀석들의 입술은 마치 붕어처럼 뻐끔거렸고 서로의 입술을 쳐다보며 깔깔댈 겨를도 없이 조용해졌다. 그녀는 미소 지었다. 그 순간 창밖에 쏟아진 아침 햇살이 그녀의 등을 물들이며 빛났다. 아이들은 처음으로 그녀를 향해 경외의 눈빛을 보냈다. 그녀는 그 빛을 등에 업고 속삭였다.

　"나는 여왕이야."

　그녀의 입에서 흘러나온 말소리는 공기를 타고 아이들의

마음속으로 스며들었다. 그녀는 음 소거된 녀석들의 입을 보며 씩 웃었다. 창가에 머무르던 햇살이 옅은 구름에 가려졌다. 그때 그녀의 등 뒤에서 빛나던 아우라가 부서졌다. 찰나 아이들의 입술이 부르르 떨렸다. 아이들은 서로의 입을 보며 오물오물 뻐끔거렸다. 그 입을 보며 그녀는 중얼거렸다.

"아이들을 풀 죽게 만드는 것이 진정한 카리스마일까? 어렵다 어려워."

그녀는 눈을 가늘게 뜨고 잔잔히 흘러가는 창밖 구름을 바라보았다.

썩은 사랑니

 그녀의 프리스타일 춤사위는 화려했다. 과하지 않은 아름다운 춤 선은 유연함 속에 정제된 아름다움을 보여주었다. 감각적인 몸짓은 독보적이었다. 무아지경에 흠뻑 빠져드는 그녀의 모습은 우주의 중심에서 혼자 춤추는 별처럼 보였다. 공기를 밟고 공중에 떠있는 듯 자유로운 몸짓은 무대 위에서 바람처럼 피어났다. 스테이지에서 뿜어내는 열기는 뜨거웠다. 각색 조명이 무대를 찬란하게 비추고 있었다.
 조금 전까지만 해도 중앙 테이블에 요조숙녀처럼 앉아 있던 그녀는 강렬한 비트에 몸을 흔들며 대담하게 스테이지로 나갔다. 모든 시선이 그녀를 향했다.
 아우라가 빛나는 그녀 주위로 사람들이 몰려들었다. 그녀는 흘러나오는 음악에 몸을 맡겼다. 살짝 벌린 그녀의 입술은 복숭앗빛이었다. 가늘게 뜬 눈매 아래 발그레한 볼과 짙은 속눈썹이 그림자를 드리웠다. 미소를 지을 때마다 드러나는 가지런한 치열은 한 송이 하얀 호접란 같았다.

한 남자가 그녀를 바라보았다. 눈이 마주쳤을 때 그녀는 환하게 웃었다. 그녀가 스테이지에서 걸어 나왔다. 막 테이블에 앉았을 때 그가 얼굴을 붉힌 채 명함을 내밀었다. 남자는 대기업에 다니는 미혼남이라고 자신을 소개했다. 그날은 그렇게 헤어졌다.

그녀는 자신의 매력을 잘 알고 있었다. 하얀 피부, 군살 없는 몸, 백치미의 가장자리에서 빛나는 유혹. 그 향기에 먼저 취한 사람은 조각 미남이 아니라 5년 동안 사귄 지금의 남자친구였다.

"너에게선 민트 향이 나."

사귀는 내내 그는 그녀의 귓가에 속삭였다.

"너는 나만의 향기야."

어느 순간부터 그의 목소리는 사라졌다. 그는 일에만 죽어라 매달렸다. 어느 날 그녀가 말했다.

"나하고도 시간 보내."

남자는 무덤덤하게 말했다.

"동료들에게 뒤처질 수는 없잖아."

그녀는 클럽으로 발길을 돌렸다. 밤마다 무대 위에서 자신의 광채를 되찾았다. 그녀는 일주일에 세 번씩 클럽을 다니며 자신의 억눌린 끼를 발산했다.

어느 날 그녀는 조용히 결심했다.

"여보세요. 워킹 학원이죠? 30살이고요. 아니, 아직 스물 아홉이라 해두죠. 아직 미혼입니다. 일단 학원으로 갈게요."

그녀는 나이를 줄여 말했다. 원장은 매서운 눈초리로 그녀의 머리부터 발끝까지 훑었다. 왕년에 모델업계에서 톱을 달렸다고 자신을 소개한 모델학원 원장의 반짝이는 이마에 보톡스 시술 자국이 선명했다.

"7킬로 더 빼. 메이크업은 전문가에게 받고. 한번 걸어봐."

별빛처럼 쏟아지는 갈망이 그녀를 일으켜 세웠다. 허리를 곧추세우고 텔레비전에서 보았던 모델들처럼 스테이지를 걸었다. 그녀의 빛나는 외모를 알아본 모델학원 원장의 초특급 과외가 시작되었다.

"반 바퀴 돌고, 다시 반 바퀴. 포즈 취하고 턴. 마무리는 샤넬 턴으로."

원장의 끊임없는 요구에도 그녀는 표정 하나 바뀌지 않았다.

"100번 연습해."

"네."

"그다음 X자 파워 워킹. 다리를 교차하며 힘차게. 마지막 풀턴. 시선은 유혹적으로."

그녀는 숨을 헐떡였다. 스테이지를 100번 돌았을 때 천정이 머리 위에서 빙글 돌았다. 그녀가 비틀거리며 원장에게

다가갔다.
"동작 다 가르쳐 주세요. 반드시 톱모델 될 거예요."

그녀의 집은 어둡고 좁은 지하 빌라였다. 돌아오는 버스 안에서 그녀는 5년 사귄 남자에게 문자를 보냈다. 한참 후에 남자에게서 답이 왔다.
'밤 12시까지 일해야 해. 동료들보다 빨리 승진하려면."
마침내 결심했다. 그에게서 탈출하기로. 그녀는 모델로 성공하기 위해 워킹 연습에 모든 에너지를 집중했다. 6개월이 지났다. 학원 원장이 모델들을 집합시켰다.
"드디어 실전의 날이야. 복장과 메이크업, 악세서리, 구두 완벽하게 체크하고. 실수하면 알지? 즉시 아웃이야."

드디어 런웨이를 걷는 날이다. 그녀의 손에는 식은땀이 흥건했지만 워킹은 황홀했다. 스테이지에서 그녀는 완벽했다. 그녀는 지켜보는 사람들의 시선을 한 몸에 느꼈다. 쏟아지는 조명아래 화려한 퍼포먼스와 더불어 그날 그녀는 더 빛났다. 모델들은 대개 무표정하게 걷는 게 일반적이었다. 그녀는 턴을 할 때 스테이지 아래를 내려다보며 윙크를 했고 관중을 향해 활짝 웃었다. 패션 회사 대표들의 시선이 그녀에게 집중되었다.
"저 여자 워킹이 시원시원하면서도 화려하네?"
다음날부터 그녀를 찾는 전화가 여기저기서 걸려 왔다. 지루하던 그녀의 일상에 생기가 돌았다. 그녀는 강박적으로 치아 미백에 신경을 곤두세웠다. 특히 양치질에 신경을 썼다. 탄산음료나 과일주스는 절대 입에 대지 않았다. 작은 명품 손가방에는 일회용 칫솔이 가득했다. 마지막으로 민트 향을 입 안에 뿌리고 향수를 몸에 살짝 뿌렸다.

어느 날 남자친구에게서 문자가 왔다.

"진급했어. 동기들보다 1년 빠르게."

그녀는 건조하게 말했다.

"축하해."

그녀는 마음속으로 그의 흔적을 지우기로 결심했다. 그녀의 일탈은 은밀히 깊어졌다. 재력 있는 남자들이 그녀 주위를 맴돌았다. 그녀의 하얀 미소를 사기 위해 남자들은 옷과 구두, 명품 백을 선물했다. 대충 후줄근하게 입고 있다가 외출할 때면 온몸을 명품으로 치장하고 나섰다. 반복된 생활에 지쳐갈 즈음 클럽에서 만났던 조각 미남의 명함이 문득 생각났다. 그녀는 전화를 걸었다. 남자는 그녀의 기름기 낀 허영을 맘껏 채워주었다. 어느 날 조각 미남에게 더 육감적인 여자가 등장했다. 그녀의 건치 미소에도 어둠이 드리워졌다.

늦은 저녁 그녀는 치과에 들렀다. 의사는 진단했다.

"사랑니가 썩었습니다. 충치 냄새가 심합니다."

"치아 관리 정말 열심히 했는데요."

"그래도 썩었습니다. 뿌리까지요."

집으로 돌아오는 길, 그녀는 하늘을 올려다보았다. 도시의 어둠 속 가장 높이 붉은 십자가가 빛을 토하고 있었다. 낯설게 친숙한 그 빛은 눈물 나도록 아늑했다.

그 시각 시골의 작은 예배당에서 그녀의 어머니는 딸을 위해 두 손을 모으고 있었다. 그날따라 강대상 아래 호접란이 유난히 환하게 피어 있었다.

마음교향곡

 나는 마음수선실 창가의 보랏빛 커튼을 내리고 미리 준비해둔 장미 한 송이를 그녀에게 내밀었다.
 "장미 향기가 심신을 안정시켜 줄 거예요."
 그녀는 멈칫하다가 꽃을 받아들었다. 마음수선실에는 첼로 선율로 엘가의 '사랑의 인사'가 흐르고 있었다. 창백한 얼굴로 입술을 달싹이던 그녀가 작은 목소리로 말했다.
 "선생님은 다 터져버린 마음 근육도 수술할 수 있나요?"
 나는 의자에 앉으며 대답했다.
 "마음 근육이요?"
 그녀는 고개를 숙인 채 장미를 바라보았다. 꽃잎 하나하나를 세듯 시선을 옮기던 그녀가 말했다.
 "수선 가능할까요?"
 나는 잠시 숨을 고르고 책상 서랍에서 낡은 바늘과 실을 꺼냈다. 은빛 실은 은은하게 반짝였다.

"마음도 바느질하듯 한 땀 한 땀 꿰매면 다시 쓸 수 있죠. 물론 예전모양 그대로는 아니에요. 하지만 더 단단해질 수도 있습니다."

그녀의 시선이 내 손끝에 머물렀다. 그녀가 다시 말했다.

"부지불식간에 마음이 산산조각 났던 날이 떠오르네요. 오월의 붉은 장미가 얼마나 아름다운지 아무 생각도 할 수 없었어요. 한때는 철마다 봄이 오면 꽃봉오리만 봐도 예쁘다고 생각했는데요."

나는 고개를 크게 끄덕였다. 그녀는 깊은 아픔을 겪었던 날이 떠오른다며 어깨를 웅크렸다. 나는 그녀의 손을 잡아주었다. 그녀의 목소리는 물에 젖은 종이처럼 힘이 없었다.

"꽃들이 피어나느라 바람결에 흔들리며 피 흘린다는 생각은 한 번도 해보지 않았어요. 그런데 왜 그런 생각이 들었을까요?"

"꽃이 피를 흘린다고요?"

그녀의 왼쪽 볼에는 반쯤 가린 긴 머릿결로도 덜 가려진 울퉁불퉁한 흉터가 보였다. 그녀가 말했다.

"장미꽃다발을 안고 걷고 있었어요. 초록 불에 건너는 사람들 사이에서 나도 걸었죠. 갑자기 오토바이가 튀어나와 나를 쳤어요. 핏빛 장미꽃잎이 하나, 둘 주변으로 흩어졌어요."

"생각지도 못한 사고를 당하셨군요."

그녀가 내 눈을 보며 말했다.

"오토바이 사건은 작은 전조였어요. 선생님은 지뢰밭을 걷는 것 같은 날들을 겪어본 적 있으신가요?"

나는 대답 대신 잔잔한 미소로 화답했다. 감정의 개입은 마음수선공의 금기사항이었다.

하지만 그 물음은 깊숙이 감춰두었던 내 어두운 곳을 건드렸다. 그녀가 채근하듯 입술에 힘을 주고 되물었다.

"제 마음은 이미 너무 많은 폭발을 겪었어요. 상처가 아물지 않아요."

그녀의 눈동자는 오래된 거울처럼 자신을 비추고 있었다. 그 안에는 깨어지고 흩어진 마음들이 반사되었다. 나는 그녀의 질문에 내 안의 묵은 상처가 건드려졌음을 깨달았다. '지뢰밭을 걷는 것 같은 날들'이라는 그녀의 비유는 단순한 말이 아니었다. 그것은 그녀의 삶이 폭발과 상실로 얼룩진 여정임을 암시했다.

"지뢰밭이라."

나는 낮은 목소리로 중얼거리며 그녀의 눈을 마주 보았다. 실 한 올이 그녀의 마음을 감싸며 움직였다. 나는 그녀의 눈동자 속에 있는 찢어진 마음조각을 찾아 꿰매기 시작했다.

"그런 날들을 겪어본 적이 있죠. 하지만 그 속에서도 길을 찾아야 했어요."

"어떻게 그 길을 찾으신 거죠?"

나는 잠시 멈칫했다. 마음을 꿰매는 일을 해왔지만 내 자신의 상처를 마주하는 일은 여전히 낯설었다. 나는 천천히 대답했다.

"멈추지 않고 걸었어요. 방향을 잃고 덤불에 걸려 넘어지기도 했죠. 결국 한 발짝씩 나아가다 보면 어딘가에 다다르더군요. 그곳이 내가 원했던 곳이 아니더라도."

그녀의 손은 무의식적으로 테이블 위의 찻잔을 만지작거리고 있었다. 잔에 담긴 차는 이미 식어 있었다. 그녀는 계속 손끝으로 잔을 어루만졌다.

"선생님은 무슨 상처를 꿰매셨어요?"

나는 잠시 숨을 멈췄다. 그녀의 눈동자 속에서 내 모습이 비쳤다. 그 순간 나는 그녀가 단순히 내 대답을 원하는 것이 아니라 자신의 상처를 이해해 줄 누군가를 찾고 있음을 알았다.

그녀의 연이은 질문에 나는 불현듯 눈물이 그치지 않았던 어두운 밤이 생각났다. 눈보라가 날리던 그 밤 나는 목적지도 없이 걸었다. 어느 막다른 골목의 끝에 이르렀으나 슬픔의 감정은 그대로였다. 나는 그녀를 바라보았다. 그녀는 생수병을 열어 물을 들이켰다. 한동안 정적이 감돌았다. 그녀는 나에게 꿈을 꾼 이야기를 들려주었다.

"매번 같은 악몽을 꾸죠. 새들이 지저귀는 숲속이었어요. 숲의 끝엔 붉은 글씨로 '지뢰밭'이라 쓰인 팻말이 있었어요. 순간 몸이 얼어붙었죠. 따가운 햇볕이 내 얼굴 위로 내리쳤어요. 머리가 하얘지더군요. 어지러워 나도 모르게 발을 헛디뎠어요. 찰나 공중으로 몸이 붕 뜨더니 풀숲에 피어난 꽃들 위로 떨어졌지요. 피 흘리는 꽃을 나는 그때 처음 본 거예요. 피 흘리는 꽃."

나는 진지한 표정을 지었다.

"무슨 일인지 모르지만 엄청난 일을 겪으셨군요."

그녀가 두 손으로 얼굴을 감쌌다.

"모든 것이 까맣게 타버린 날, 문득 순한 마음을 위한 시를 쓰고 싶었어요."

"순한 마음이요?"

"네. 양수 안에 떠 있는 태아처럼 고요하게 숨을 쉬고 싶었어요."

나는 그녀의 손을 꼭 잡아주었다. 그녀가 금방이라도 울 것 같은 얼굴로 말했다.

"마음 근육들이 찢겨 꽃잎을 붉게 물들이고 있었을 뿐이에요."

그녀는 가만히 내게 손을 내맡기며 자기 통제력을 상실한 채 아노미상태에 빠져들었던 날이 떠오른다고 했다.

그날 그녀의 마음은 이리저리 찢어지고 조각나 마구 흘러내렸다. 봉합할 수 없게 된 마음 근육은 푸르게 변하더니 금세 너덜너덜해졌다. 그녀는 마음 근육을 잃어버릴까 불안과 상실에 시달리며 오랫동안 고독한 치료의 시간을 견뎠다고 했다.

어둡게 밀봉된 공간에서 그녀는 신의 은총을 찾으려 애썼다. 보이지 않는 환영의 그림자를 잡으려 허공을 향해 손을 내밀었다. 실체 없는 것들은 고요한 공기 속을 부유하다 흩어졌다. 한 치 앞이 보이지 않는 짙은 안개 속을 거닐듯 먼지처럼 내려앉은 판단 능력은 몽롱했다. 그녀는 손가락 하나 까딱할 수 없는 깊은 절망을 지나왔다고 말했다. 그녀가 흉터로 얼룩진 자신의 뺨을 가만가만 어루만졌다. 그녀의 몸이 들풀처럼 떨렸다. 결박된 상태의 눈뜬 슬픔을 아느냐고 묻는 그녀의 눈이 슬퍼보였다. 내가 말했다.

"그럼요. 알지요. 그 기분."

그녀는 이야기를 계속했다. 어두운 창문 너머로 하얀 눈을 맞으며 손을 잡고 걷고 있는 엄마와 아이를 보았다고 했다. 그날 이후 그녀는 가느다란 희망의 감각을 붙잡고 잘리고 떨어져 나간 마음 덩어리를 한 조각씩 모았다. 마음은 여전히 앙상하게 말라붙은 채 오그라져 있었다. 그녀는 노획물이라도 되는 양 그것을 한 손에 들고 가죽으로 덧대어 한 땀 한 땀 바느질했다. 그 과정은 단순한 수선이 아니었다. 근원섬유가 다시 합성되고 상처 입은 마음의 근세포가 가죽의 보호 아래 동화작용을 일으키는 기적 같은 여정이었다. 그녀가 말했다.

"가죽에서 부드러움이 느껴질 때까지 마음은 앙상하게 말라붙은 채로 있었어요. 하지만 어느 날 그 가죽이 따뜻해지기 시작했죠."

깊게 손상된 마음 덩어리에서 조금씩 단백질 전환이 증가했다. 가죽이 누벼진 자리마다 연한 생성의 냄새가 났고 근육 성장은 점차 활발해졌다. 까마득한 날들을 지나 으깨어졌던 그녀의 마음이 드디어 생명 신호를 내보냈다.

나는 고개를 끄덕였다.

"당신이 스스로를 치유한 거예요. 한 땀 한 땀, 자신의 마음을 다시 짜 맞췄어요."

그녀는 두 손에 얼굴을 묻고 낮은 소리로 말했다.

"하지만 아직 완전하지 않아요."

나는 그녀의 손을 다시 잡았다.

"완전하지 않아도 괜찮아요. 완벽한 마음은 없어요. 당신이 상처를 마주하고 꿰매는 일을 멈추지 않았다는 게 중요해요."

그녀가 말했다.

"마음의 흉터가 너무 커서 가끔은 꿰맨 가죽이 다시 터질까 봐 두려워요."

나는 조심스레 대답했다.

"그럴 때일수록 실을 단단히 묶어야 해요. 그 실은 혼자만의 힘으로 엮는 게 아니에요. 누군가와 함께라면 더 튼튼해질 거예요."

그녀가 꽃들 위로 떨어졌던 날 지혈제가 없던 상황이 떠오른다며 두 팔로 자신의 몸을 감쌌다.

"선생님, 저는 다시 걷고 싶어요. 지뢰밭이 아닌 들꽃 핀

길을요."

"공포를 이겨내며 걷다 보면 안전한 풀밭이 눈앞에 다가와요. 남은 가족의 사랑, 누군가의 따뜻한 말 한마디. 저는 그 풀밭을 찾아 한 걸음씩 나아갔어요. 당신도 그럴 수 있어요."

춥다며 몸을 떨던 그녀는 눈을 감고 두 손을 포개 자기 가슴에 가져다 댔다. 그녀가 천천히 말했다.

"지난번 무더웠던 날, 선생님의 풀어진 셔츠 사이로 앞가슴이 보일락 말락 했어요. 문득 엄마의 젖가슴이 떠올랐어요. 어릴 때부터 잠버릇이 있었죠. 말랑말랑한 엄마의 젖가슴을 만지면 슬슬 잠이 쏟아졌거든요. 좀 커서도 엄마의 쭈그러진 젖가슴을 주물러야 잠이 왔어요."

나는 그녀를 향해 싱긋 웃었다.

"엄마의 가슴이 안식처였군요."

"그저 남들처럼 평범한 세월을 살고 싶었어요."

"어떤 희생이 당신을 살리게 된 거네요."

그녀가 마음수선실을 드나들기 시작한 지 여섯 달째였다. 그녀의 환히 빛나는 눈빛에서 이전에 볼 수 없던 생기가 감돌았다. 그녀의 눈동자에서 빛이 반사되었다. 나는 그 빛을 따라 한 발짝 더 나아갔다. 내 마음도 함께 꿰매어지고 있었다. 어둑어둑해질 무렵 나는 상담실을 나왔다. 하늘을 보았다. 달이 해를 깨물고 있었다. 뉴스에서는 달이 해를 품는 우주 쇼라고 했다.

달콤한 쓴맛

 그녀는 몸매가 부각되도록 옆으로 서서 머리카락을 한쪽으로 넘겼다. 정면에 고정된 삼각대 위의 카메라 각도를 다시 조정한 다음 가슴을 살짝 내밀어 자연스러운 곡선을 강조했다. 카메라 렌즈를 향해 천천히 눈웃음 지었다. 그녀의 두 뺨에 깊은 보조개가 파였다.

 삼각대 두 개를 더 꺼내 거실 한가운데 배치한 뒤 카메라 한 대와 스마트폰 두 대를 나란히 고정시켰다. 몸에 꼭 맞는 요가복장으로 갈아입고 요가매트를 펼쳤다. 촬영 버튼을 누른 그녀는 스트레칭을 시작했다. 몸에 밀착된 요가복은 잘록한 허리와 탄탄한 힙 선을 더욱 돌출시켰다. 우아한 요가 동작은 춤처럼 유연했다. 그녀의 몸은 생기 넘치는 조각상 같았다. 숨결마저 리듬을 타는 듯 자신만의 매력으로 공간을 가득 채웠다. 요가동작을 마친 그녀는 숨을 고르며 스쿼트

100개를 목표로 숫자를 세었다. 구부리고 펴는 동작마다 근육이 살아났다. 이마에 맺힌 땀방울이 뺨을 따라 미끄러졌다. 숨이 찼고 목이 말랐다. 부엌으로 향했다. 식어버린 커피가 탁자 위에 있었다. 입으로 가져가려다 개수대에 버렸다. 커피가 옷소매에 튀었다. 흐르는 물에 얼룩을 씻어내고 새 원두를 꺼냈다. 핸드드립으로 다시 커피를 내렸다. 따뜻한 커피 원액을 머그잔에 붓고 이번엔 물량을 조금 넉넉히 채웠다. 단맛이 섞인 커피 향 속 쓴 김이 모락모락 올라왔다.

그녀는 테이블에 앉아 인스타그램에 올릴 사진 몇 장을 골랐다. 2년 전부터 몸매가 돋보이는 비키니 사진을 일주일에 두세 번 꾸준히 올리고 있었다. 특히 물에 젖은 수영복을 입고 샤워기로 몸을 적시는 영상은 엄청난 조회 수를 기록했다. 카메라가 따라가며 찍은 그녀의 몸은 '완벽한 몸' 그 자체처럼 보였다. 댓글은 끝없이 달렸다.

"와, 진짜 예쁘세요!"
"몸매가 이렇게 완벽할 수 있나요?"
"헬스장은 어디 다니세요?"
"40대 맞아요? 믿기지 않아요!"

사람들은 궁금해서 물었다. 요가는 얼마나 했어요? 웨이트 트레이닝은 매일 하나요?

심리학 강단에 서는 그녀는 성형한 티가 안 나는 자연스럽게 쌍꺼풀진 눈과 적당한 높이의 콧날, 브이라인 턱 선의 작은 얼굴이 매력적이었다. 배경 좋은 호텔 수영장에서 찍은 사진을 온라인에 올릴 때마다 '좋아요'는 시간 단위로 몇 천 개씩 올라왔다. 몸매 가꾸는 비결을 사람들이 궁금해 하자 그녀는 스쿼트 시범 영상을 인스타그램에 하나씩 올렸다. 그녀는 카메라 앞에서 웃으며 말했다.

"학생들 가르치는 틈틈이 스쿼트와 맨손체조를 해요. 직업상 머리 쓰는 공부를 많이 해야 해요. 엉덩이 펑퍼짐해질까 당연히 걱정되죠. 쉬는 시간 화장실에서도 스쿼트하며 힙 업하지요. 일상생활 속 운동하는 것이 습관이에요. 제 몸매는 약간의 사진 보정 후 인스타에 올려요. 하하."

그녀의 솔직한 매력에 팬 층이 급속하게 늘었다. 인스타그램 속 그녀의 일상은 달달한 맛으로 가득했다.

땅거미가 짙게 내린 밤, 고층 아파트 창문 너머 도시의 불빛들이 그날따라 유난히 반짝였다. 거실에서 책을 보던 그녀는 원두커피가 마시고 싶었다. 부엌으로 갔다. 싱크대 선반을 열고 에디오피아 예가체프 원두를 꺼냈다. 원두를 로스팅한 후 핸드드립을 해서 추출된 원액에 뜨거운 물을 붓고 희석했다. 원두의 향이 코끝을 자극했다. 커피는 물 농도에 따라 쓴맛 신맛 그리고 단맛이 났다. 물을 적게 붓고 농도를 조절한 커피는 짙은 쓴맛이 났다. 그녀는 커피의 쓴맛을 천천

히 음미했다.

그녀는 베란다로 나가 창문을 열었다. 차가운 밤공기가 목덜미에 닿았다. 그녀의 마음에 녹슨 쇳덩이 하나가 묵직이 가라앉았다. 어깨 위 스웨터를 끌어올리며 작게 중얼거렸다.

'저 불빛들 속 누군가의 집에 언제든 가도 "왔어." 하며 기꺼이 반겨줄 사람이 단 한 명이라도 있다면 얼마나 좋을까.'

한때 전문직 남자와 결혼했었다. 처음엔 원하는 대로 삶이 흘러가는 듯 보였다. 어느 순간 타올랐던 불꽃은 꺼지고 그들의 대화는 점점 품격을 잃었다. 마음의 교감이 사라지자 서로의 필요에 대한 반응의 감각도 둔해졌다. 서늘한 눈으로 상대를 바라보던 날들을 지나 딱딱한 갑옷을 입은 것처럼 마음의 껍질은 단단해졌다. 어쩌다 마음을 열면 가슴에 난 구멍으로 차가운 바람이 들어왔다. 그렇게 마음의 온기가 식은 나날들이 이어지다가 그들은 헤어졌다. 추운 겨울이었다. 그녀의 남편이 등을 보이며 문밖으로 천천히 사라졌다.

그와 헤어진 후 한동안 그녀는 신열을 앓듯 잠만 잤다. 그동안 지켜왔던 자신의 세계가 무너진 현실은 그녀를 심연으로 가라앉게 했다. 기분 나쁜 꿈에서 깨어난 아이처럼 가쁘게 숨을 몰아쉬다가 세월 따라 그와 함께 한 시간을 서서히 떠나보냈다. 지나간 날들이 잠시 낯선 건물에 들어섰다가 되돌아 나온 듯 그녀의 기억에서 빙글거리다 지워져갔다.

그녀가 다시 일어설 수 있었던 건 친구 은경 덕분이었다.

그녀는 차를 몰고 도시를 빠져나와 컴컴한 시골길을 달렸다. 어둠을 뚫고 가는 길목에 눈발이 흩날렸다. 은경은 작은 읍내에서 네일아트 숍을 하고 있었다.

"나도 미혼모로 살고 있잖니. 근데 살아지더라. 불행하다고 생각하면 끝이 없어."

과거는 기억의 무형으로 남았다. 아파트 창문 너머 찬바람이 불었다. 그녀는 달팽이같이 몸을 움츠리며 창문을 닫았다. 미세한 온기가 스스로의 길을 찾고 있었다.

그녀의 뼈 없는 듯 작은 몸이 균열 된 세상의 틈으로 조금씩 팽창하고 있었다.

독초

 해린은 주황색 등산 가방을 메고 하얀 모자를 눌러썼다. 살랑거리는 봄바람이 그녀의 발끝을 가볍게 들어 올렸다. 세상은 연둣빛으로 물들어 있었다. 나무들은 생명의 기운을 가득 머금고 가지마다 여린 잎사귀를 매달았다. 시야를 흐리던 미세먼지와 뿌연 황사가 모두 걷힌 하늘은 오랜만에 말끔하게 푸르렀다. 파란 하늘에 떠 있는 하얀 뭉게구름을 보니 해린의 마음도 부풀어 올랐다. 해린은 산사랑 팀의 일원이었다. 여섯 달 전 결성된 등산모임엔 해린을 포함해 여자가 네 명이었다. 그중 사람을 좋아하기로 소문난 이웃집 여자가 옆 동네 여자들까지 데려오며 멤버가 더 늘었다.
 "어서 오세요. 오늘 처음 뵙네요."
 이웃 동네에서 온 여자 셋이 등산로 초입에서 해린 일행을

해린 일행이 도란도란 걷는 산길 옆 들풀 사이로
독을 품은 하얀 은방울꽃이 작은 종처럼 예쁘게 피어 있었다

기다리고 있었다. 그 중 한명은 얼굴이 유난히 작고 예쁘장했다. 그녀는 해린에게 인사를 건네며 옅은 미소를 지었다. 물기를 머금은 것 같은 그녀의 우수 어린 눈동자가 무척 인상적이었다. 이웃집 여자는 밝게 웃으며 말했다.

"우리 등산 팀과 합류할 새 회원들이에요. 앞으로 함께 잘 지내봐요. 건강을 찾으려면 숲길을 걸어야죠. 오늘은 야트막한 동네 뒷산이라 부담 없을 거예요. 처음 오신 분들 걱정 마세요."

산 초입의 평평한 길은 걷기에 더없이 좋았다. 새소리와 나뭇잎 흔드는 바람 소리에 귀를 기울이며 걷는 동안 해린의 머릿속을 어지럽히던 번잡한 생각들이 하나둘 지워졌다. 구불구불한 오솔길을 돌아 숲 안쪽으로 접어들자 길섶에 이름

모를 풀들이 무성히 자라고 있었다. 일행 중 '약초 박사'로 불리는 C가 나섰다.

"저건 초오라는 독초예요. 쑥이나 미나리처럼 보이지만 전혀 달라요.

먹는 순간 혀가 말리고 눈앞이 하얘지면서 손발이 굳고 결국엔 심장과 뇌까지 마비돼요. 단 몇 그램으로도 그 자리에서 숨이 멎죠."

해린은 자기도 모르게 깜짝 놀라 뒷걸음질 쳤다.

"이렇게 싱그럽고 예쁜 풀이 독초라니요. 전혀 그렇게 안 보이는데요."

"'투구꽃'이라고도 불러요. 로마 병사의 투구를 닮았거든요. 0.0002그램만 섭취해도 중추신경이 마비돼요. 고대 전쟁터에선 화살촉에 묻혀 독화살로 썼고요. 조선 시대엔 사약 재료로 사용됐죠. 장희빈의 사약에도 초오가 들어갔다고 해요."

일행 모두 독초를 바라보며 잔뜩 긴장했다.

"이런 독초들이 길섶에 자라고 있다니 정말 무섭네요."

약초 박사는 어깨를 으쓱했다.

"그래서 산나물 뜯을 땐 정말 조심해야 해요. 봄마다 나물인 줄 알고 먹었다가 세상을 떠나는 사람들이 있어요. 돈 아끼려다 목숨 잃는 거죠. 시장에서 사서 먹는 게 제일 안전해요."

등산 팀에 새로 합류한 여자 중 한 명이 아는 척을 했다.

"독초도 잘 다루면 좋은 약이 된다고 들었어요."

약초 박사는 고개를 끄덕였다.

"맹독성일수록 전문가의 손이 꼭 필요해요. 제대로 법제 과정을 거치지 않으면 독이 약이 되지 못하고 사람을 해치죠."

그날 일행은 반나절을 걸어 마침내 산 정상에 도달했다. 약초 박사가 말끝을 올렸다.

"드디어 정상입니다. 바람이 시원하네요. 우리가 이 모임 만든 지 반년이 지났는데 벌써 스물다섯 번째 산이에요. 비가 오나 눈이 오나 한 주도 거르지 않았죠. 다들 자신에게 박수 한번 쳐줘요."

정상의 바람은 청량했다. 해린은 가슴 속 먼지가 씻기듯 가뿐했다. 산등성이를 돌아 다시 내려오는 길 다음 주에도 함께하자며 일행은 인사를 나누고 흩어졌다.

집에 돌아온 해린은 옷을 벗어 세탁기에 넣고 욕실로 향했다. 온수로 반신 욕조를 채우고 조용히 몸을 담갔다. 물 위에 어른거리는 오후의 잔상들 사이로 그날 함께 걸었던 작은 얼굴의 여자가 떠올랐다. 해린이 중얼거렸다.

'약간 서글퍼 보였어. 왜 자꾸 그 여자가 생각날까?'

물방울을 뚝뚝 흘리며 욕조에서 나온 해린은 수건으로 몸을 닦고 침대로 향했다. 핸드폰 벨소리가 숨 가쁘게 울렸다.

이웃집 여자의 전화였다.

"너 소식 들었니? 오늘 온 신입 회원들 중 한 명이 죽었대."

해린이 깜짝 놀라 되물었다.

"무슨 말이니?"

"나도 모르겠어. 무슨 사연인지. 그 독성 있는 초오라는 풀을 먹었다나 봐."

"말도 안 돼. 약초 박사가 분명 그게 독초라고 말했잖아."

다음 날 저녁 뉴스에서는 긴장된 목소리로 아나운서가 사건을 전했다.

- ABC 뉴스입니다. 봄철 독초 섭취로 인한 사망 사고가 발생했습니다. 산행 중 나물을 잘못 먹은 등산객이 목숨을 잃었습니다. 시민 여러분의 주의가 필요합니다.

며칠 뒤 해린은 다시 이웃집 여자와 함께 산에 올랐다. 야트막한 산길을 걸으며 이웃 여자가 낮은 목소리로 말했다.

"그 여자, 남편과 이혼한 지 얼마 안 됐대. 결혼 생활 내내 불행했나 봐. 결혼 초에 고열에 시달리던 세 살배기 아이를 잃었대. 그 상처를 겨우 견디며 살았는데 남편이 딴 여자와 바람이 나서 몰래 아이까지 낳았더래. 그걸 알게 된 뒤 우울증이 더 심해졌고 친구들이 그 여자를 양지로 끌어내려 애썼는데 등산 날 혼자 다시 올라가 초오를 먹고 생을 마감했대.

한 등산객이 발견해서 신고했단다."

해린이 말을 받았다.

"안타깝네. 어떻게든 마음속 독을 조금씩이라도 빼낼 수 있었다면 얼마나 좋았을까. 하긴! 우리라고 별수 있어? 멀쩡한 얼굴로 미소 지으며 서로에게 독을 묻히며 사는 건지도. 있는 독도 잘 다루면 약이 된다고 하잖아. 잘 사용하면 뛰어난 치료제가 된다는데."

해린 일행이 도란도란 걷는 산길 옆 들풀 사이로 독을 품은 하얀 은방울꽃이 작은 종처럼 예쁘게 피어 있었다.

털

리나는 옷을 모두 벗은 채 전신거울 앞에 섰다. 리나의 깡마른 몸을 위아래로 훑어보던 채순은 이해할 수 없다는 듯 팔짱을 낀 채 고개를 저었다. 채순은 리나의 어깨에 손을 얹으며 말했다.
"너 뼈만 남았잖아. 목숨 위협하는 짓 그만해."
"먹으면 살이 되잖아."
"그게 몸이야? 막대기지. 여기 우유 한잔 마셔."
"먹고 싶으면 너나 먹어."
"살가죽만 덮은 해골 같아."
"살뿐만 아니라 뼈까지 말라야 해."
리나는 마른 몸매 유지를 위해 매 끼니를 걸렀다. 음식을 조금 먹고도 곧바로 토했다. 최근엔 극단적인 저체중을 추구하는 사람들의 모임에 가입했다며 자랑스럽게 말했다. 이름

하여 '프로 아나' 족이라고. 리나는 그런 단어도 모르는 채순을 무식하다고 나무랐다. '프로 아나'란, 뼈가 드러나도록 말라야 아름답다고 믿는 사람들을 일컫는 말이라고 설명까지 친절하게 덧붙였다. 냉장고엔 리나의 감량 목표치가 적힌 종이가 붙어 있었다. 채순이 냉장고에서 주스를 꺼내며 말했다.

"프로 아나 족? 포장만 번지르르하지. 결국 거식증이잖아."
"말이 통해야 말을 하지."
"등뼈가 튀어나와서 등에 그림자가 졌어. 하나도 안 예뻐."
"너처럼 뚱뚱한 거보다 훨씬 낫거든."

둘은 대학 동기였다. 같은 과에서 만나 학교 앞 투 룸에서 함께 살기 시작한 지 어느덧 2년째였다. 서로의 몸에 대한 생각은 결코 맞닿지 않았다. 리나에게 살찌는 것은 곧 죽음이었다. '무조건 말라야 한다. 입맛이 있으면 안 된다.' 리나는 냉장고에 붙은 종이의 문장을 읊조렸다.

이른 아침 리나는 가뿐히 침대에서 일어나 전신거울 앞에 섰다. 매일 아침 한 번도 거르지 않은 그녀만의 의식이었다. 마른 팔다리와 잘록한 허리와 군살 없는 배, 쇄골과 갈비뼈가 얇은 피부 아래로 자국처럼 드러나는 모습을 보며 그녀는 묘한 감동을 느꼈다. 날렵해진 브이라인의 턱 선을 손으로 쓰다듬었다. 몸을 스캔하듯 눈으로 훑고 체중계에 올랐다.

전날 밤 토스트에 달걀 하나 얹어 먹고 싶은 욕망을 힘겹게 눌러 참은 덕에 숫자는 제자리였다.

식탁에서는 채순이 오렌지 주스를 홀짝이며 샌드위치를 우걱우걱 먹고 있었다. 그녀의 넉넉한 몸을 보자 리나는 절로 한숨이 나왔다.

채순은 팔과 다리에 털이 많았다. 여름이면 민소매에 핫팬츠를 입고 털이 자신의 매력이라며 당당했다. 리나가 여자 면도기를 사다 주며 몸의 털 좀 정리하라고 말해도 들은 척도 하지 않았다. 채순은 팔을 번쩍 들어 겨드랑이까지 드러내는 버릇이 있었고 그때마다 리나는 경악을 금치 못했다.

어느 날 채순이 김치찌개에 밥 한 공기를 말아먹으며 자신의 이야기를 리나에게 들려주었다.

"리나야. 너는 털이 싫다고? 나한테 털은 엄마 품 같아. 어렸을 때 집에 혼자 있을 때마다 창밖에서 바람 소리가 들리면 무서웠거든. 부모님 이혼 후 아빠는 멀리 가버렸고 엄마는 공장에서 늦은 밤까지 일하셨어. 그때마다 나는 소파에 웅크리고 앉아서 팔의 잔털을 쓰다듬었어. 털들이 나를 안아주는 것 같았거든. 차가운 공기가 스며드는 집에서 털은 나의 보호막이었어."

채순의 눈에는 어린 시절의 그늘이 드리워져 있었다. 부모의 이혼은 채순에게 단순한 이별이 아니었다. 따뜻한 품의 상실이었다. 마음의 커다란 구멍을 메우기 위해 그녀는 먹는 것과 몸의 잔털로 자신을 감쌌다. 털은 불안을 가려주는 외투였다.

리나는 채순을 바라보며 조심스럽게 물었다.

"채순아. 어릴 적 이야기 그만하고. 팔 다리 털 좀 깎아. 이젠 어른이잖아. 털이 많아서 불편하지 않아?"

"불편? 엄마가 늦게 오실 때 나는 털을 세며 기다렸어. 그럴 때마다 마음이 진정됐지. 부모님 싸움 소리가 들려올 때마다 털이 나를 숨겨줬어. 이혼 후 엄마가 '먹고사는 게 제일 중요해'라고 하실 때 털을 만지작거리며 불안을 잠재웠지. 털이 없으면 나 혼자라는 게 드러날까 봐 무서워."

털은 채순의 감정을 흡수하는 스펀지였다. 등허리를 덮는 생머리는 그녀의 취약한 등을 보호하는 망토였다.

리나는 한 달째 두부와 소량의 닭 가슴살만 먹고 5일 전부터는 소금과 물만으로 버티고 있었다. 다른 음식은 어떤 것도 입에 대지 않았다. 음식을 극도로 절제한 덕에 리나는 원하는 몸 선을 만들 수 있었다. 리나가 식탁 옆으로 다가가 채순을 바라보았다.

"주스는 설탕 덩어리야. 아침마다 1리터씩 마시다니."

"난 먹고 싶은 대로 먹고 살 거야. 너처럼 굶으면 환청이 들려."

털 129

리나가 다시 말했다.

"여자는 외모가 생명이라는 거 몰라? 누구나 예쁜 사람에게 끌리게 되어 있어. 제발 털 좀 없애라고."

"나는 있는 그대로가 좋아. 털은 이유가 있어 몸에 나는 건데. 왜 억지로 없애?"

리나는 커피머신 버튼을 눌렀다. 에스프레소를 한 잔 내린 후 뜨거운 물을 부어 향을 깊이 들이켰다. 창밖에는 비가 내리고 있었다. 그녀의 베란다, 미니정원엔 계절마다 꽃이 피었다. 리나는 그 작은 공간을 사랑했다.

리나는 꽃들을 보면 기분이 좋았다. 어릴 때는 수국을 좋아했다. 분홍과 보라가 섞인 그 화려함. 엄마는 리나의 외모를 칭찬할 때마다 분홍 수국을 닮았다고 했지만 그녀는 그 말이 공허하게 느껴졌다. 리나는 수국에 다가서서 코를 대었다. 수국은 화려하기만 할 뿐 향기가 없었다. 어느 날부터 리나는 멍한 눈으로 향기 없는 수국을 바라보았다.

"여자는 자기만의 향기와 몸매를 가져야 해. 매일 자기 전엔 팩 하나. 몸값은 스스로 올리는 거야."

모델 출신의 엄마는 외모에 철저했다. 엄마는 허리와 가슴을 펴고 몸의 라인을 예쁘게 만들어 주는 근력운동을 하루도 거르지 않고 했다. 언제나 완벽한 화장을 하고 스트레칭을 하는 엄마의 몸은 선이 아름다웠다. 리나는 엄마의 말을 귀에 못이 박히도록 들으며 자랐다. 대학 입시가 끝나자마자 엄마 손에 이끌려 강남의 성형외과로 갔다. 쌍꺼풀, 앞트임, 뒤트임, 코 라인까지 수술 후 회복기를 거쳐 거울 앞에 선 리나는 마침내 완성된 얼굴을 보며 미소 지었다.

"이제부터 다이어트는 숙명이야. 알지. 자기관리 못 하는 여자는 값어치 떨어져. 비키니 자신 있게 입으려면 말이야."

그날부터 리나는 매일 다이어트 약을 먹었다. 아몬드 두 알과 요거트 한 숟갈이 하루 식사의 전부였다. 얼마가 지나자 배가 등에 붙을 만큼 깡마른 몸이 되었다. 리나는 체중이 줄어들수록 황홀했다. 숫자가 작아질수록 자신이 정화되는 기분이었다.

리나는 태어날 때부터 몸에 털이 많았다. 잔털조차 무거운 짐 같았다. 외모 지상주의 엄마의 집요한 말들이 귓가에 쟁쟁 울렸다. 여름이 다가오고 있었다. 팔과 다리의 털이 신경 쓰였다. 거울 속 자신이 원숭이 같았다. 친구들은 브라질리언 왁싱을 예약하며 강남 숍으로 향했다.

베란다 유리에 부딪히는 빗방울이 굵어졌다. 리나는 커피를 마시며 어젯밤 꾼 악몽을 떠올렸다. 꿈속에서 그녀는 코끼리 몸이 되어있었다. 그 끔찍한 몸뚱이. 꿈이 생각나자 현실이 될까 무서웠다. 그녀는 옷을 하나씩 벗고 욕실로 들어갔다. 면도날을 들어 다리부터 밀기 시작했다. 어느새 화장실 바닥엔 털이 쌓였다. 샤워기로 몸을 씻고 거울 앞에 섰다.

이번엔 긴 머리가 무겁게 느껴졌다. 가위를 들고 어깨 아래로 싹둑 머리를 잘랐다. 어울리지 않았다. 리나는 귀밑까지 머리를 잘랐다. 비대칭이 되어버린 머리가 보기 싫었다. 서랍에 있는 바리깡을 가져와 머리털을 천천히 다 밀었다. 몸의 털을 남김없이 다 밀었다고 생각하니 리나는 날아갈 듯 가벼운 마음이 들었다. 샤워를 마치고 수건으로 몸을 닦았다. 콧노래를 흥얼거렸다. 기분이 상쾌했다. 체중계에 올라갔다. 체중계의 숫자는 줄어 있었다. 리나는 웃음을 터뜨렸다. 몸에 붙는 미니 원피스를 골라 입고 서랍에서 단발머리 가발을 꺼냈다. 명품 가방을 어깨에 걸치고 현관으로 향했다. 채순은 그런 리나를 말없이 바라보고 있었다.

그날 밤 클럽에서 리나는 미친 듯 춤을 췄다. 조명 아래 춤추는 사람들의 얼굴이 꽃처럼 반짝였다. 모두들 세상에서 가장 행복한 얼굴을 하고 있었다. 그들의 외로움이 춤으로 피어나고 있었다.

늦은 밤 리나가 집에 돌아왔을 때 채순은 마지막 샌드위치 한 조각을 입에 베어 물고 있었다.

"넌 몸에 대한 대책도 없이 그냥 막 먹어대니?"

"있는 모습 그대로 사는 게 최고야."

"징그럽게 털이 그게 뭐야."

"난 내 몸의 털을 사랑해."

"아름다워지려면 노력이 필요해. 배에 출렁이는 살 부끄럽

지도 않아?"

"네 걱정이나 해. 뼈만 남은 몸 보여주고 다니는 게 좋니?"

"너는 네 멋대로 해. 나는 내 멋대로 할께."

리나는 아침에 눈을 뜨자마자 베란다로 향했다. 창문 너머 아지랑이가 피어올랐다. 창을 여니 여름의 열기가 느껴졌다. 바리깡으로 밀어버린 털, 참아낸 식욕, 잘라낸 머리카락, 엄마의 목소리, 거울 속의 자신. 모든 것이 권태로운 그림자에 포개졌다.

엄마를 생각하면 애증이 교차했다. 친엄마의 얼굴도 모른 채 자란세월. 세 살 무렵 그녀를 떠난 엄마에 관한 이야기들은 늘 각색된 조각뿐이었다. 사춘기 무렵 지금의 엄마가 새엄마라는 사실을 알게 되었을 때 그녀의 마음속에는 거센 풍랑이 몰아쳤다. 세상이 두 쪽으로 갈라져버린 듯했다.

리나는 처음으로 누군가를 다정히 안듯이 자신의 팔을 쓰다듬었다. 밤사이 몸에 돋아난 잔털이 햇빛을 받아 은빛으로 반짝였다. 피부의 잔털은 자기의 생명으로 살아 숨 쉬고 있었다.

사람 상견례

 종합병원 간호사인 딸 민아가 의사인 남자친구와 사귄 지 2년째였다. 무남독녀 민아가 결혼하겠다며 상견례 날짜를 잡아달란다. 민아는 며칠 전부터 제 엄마랑 귀엣말로 속닥거렸다. 나는 애완견 리트리버에게 말했다.
 "리트리버야. 네 누나가 진짜 결혼하려는가 보다. 너도 우리 가족이니 상견례 자리에 같이 가보자꾸나."
 나는 사돈댁과 처음 인사하는 상견례 자리에 우리 집 애완견 리트리버를 데리고 나갔다. 리트리버도 가족으로서 인사를 나누는 자리에 함께하는 게 당연했다.
 무척 온순한 리트리버는 사람을 알아보는 능력이 있었다. 좋은 사람인지, 경계해야 할 사람인지 단번에 알아보았다. 리트리버의 목덜미가 뻣뻣하게 굳어있으면 상대가 적이라는 표시였다. 목덜미의 털을 만졌을 때 부드럽고 앉아 자세를 취하면 상대가 좋은 사람이라는 뜻이었다.

리트리버의 별명은 인절미. 털이 인절미 콩 색깔처럼 누리끼리한 골든 리트리버다.

그 이름처럼, 말랑하고 정직한 눈빛을 지녔으며 무척이나 순했다. 나는 아내보다 리트리버가 좋았다. 마누라도 인절미처럼 착하면 바랄 나위 없이 좋을 텐데. 갱년기에 접어든 마누라는 맨 날 입만 열면 잔소리를 해댔다.

리트리버를 데리고 나간 상견례 자리에 사돈 될 부부도 곧 도착할 시간이었다. 나는 의자 옆에 리트리버를 바짝 끌어당겨 앉혔다.

- 리트리버야. 상대 어른들 잘 살펴봐야 해. 네 누나 아껴주고 사랑해 줄 사람들인지. 나에겐 하나밖에 없는 딸이거든. 너는 가족으로서의 품격을 가지고 멋지고 당당하게 인사를 하는 거야. 어른들에 대한 느낌 나에게 잘 전달해줘야 해. 알았지?

- 네. 주인님. 걱정하지 마세요. 저는 주인님의 충실한 애완견이잖아요.

나는 리트리버와 마음으로 교감을 했다. 호텔 1층 고풍스런 괘종시계가 울렸다. 정확한 시간에 사돈 될 부부가 레스토랑 안으로 들어왔다. 반가운 인사도 잠시. 사돈 될 남자가 자리에 앉지도 못한 채 얼어붙은 듯 서 있었다. 어색한 침묵에 레스토랑 안의 공기가 무겁게 가라앉았다. 나는 재빨리 말문을 열었다.

사람 상견례

"안녕하세요? 저는 민아 애비입니다. 초면에 실례가 많습니다. 리트리버는 저에겐 가족이라서 함께 데리고 나왔어요. 죄송합니다. 이해해 주세요."

여전히 사돈 될 남자는 말이 없었다. 침묵을 깨고 사부인이 조심스레 대꾸했다.

"우리 남편이 개에 대한 트라우마가 있어요. 몇 해 전, 목줄 풀린 개가 느닷없이 달려들어 다리를 물었지 뭐예요. 무척 놀란 후로 강아지만 지나가도 몸서리쳐요."

민아의 남자친구가 급히 자리에서 일어섰다.

"아버지, 어머니 많이 놀라셨죠? 사실 민아 아버님 시력이 좋지 않으세요. 몇 년 전부터 시각장애 안내견으로 리트리버와 함께 지내고 계십니다. 미리 말씀 못 드려 죄송해요. 민아는 처음부터 말씀드리자 했는데 제가 말렸어요. 사실 그대로 뵙는 것이 좋을 것 같아서요."

사돈 될 남자의 여전한 침묵이 내 어깨위로 전해져왔다. 상견례 자리에서 결국 나의 장애가 그대로 밝혀졌다. 온몸에 진땀이 났다. 나는 조심스레 오른손으로 리트리버의 목줄을 당겨서 목덜미를 쓰다듬었다. 놀랍게도 녀석의 털은 부드럽고 따뜻했다.

"리트리버의 눈이 오늘따라 맑고 순진무구하네요."

적막한 공기를 가르고 민아 남자친구의 목소리가 들려왔다. 리트리버가 내 손등을 순하게 핥더니 앉아 자세를 취했다.

개 상견례

리트리버를 바라보는 사돈 될 남자의 눈빛이 묘했다. 그때였다. 복슬복슬 하얀 털로 덮인 말티즈 한 마리가 레스토랑을 가로질러 저쪽에서 달려왔다. 말티즈는 나와 함께 앉아있는 리트리버를 향해 귀여운 눈매로 애교를 부렸다. 털이 복슬복슬한 꼬리를 리트리버를 향해 살랑살랑 흔들더니 이내 배를 보이며 벌러덩 드러누웠다. 리트리버는 그 모습을 물끄러미 바라보았다.

상견례 레스토랑은 애견 동반이 가능한 식당이었다. 칸막이 옆 테이블에 앉아있던 여자가 화들짝 놀라 뛰어왔다.

"댕댕아. 뭐 하는 거야. 예쁘게 견묘 차에 앉아있어야지. 여기서 애교 부리면 어떡해."

여자의 말을 듣는 둥 마는 둥 말티즈는 여전히 리트리버에게서 눈을 떼지 못하고 콧소리를 냈다. 여자는 말티즈를 안고 옆 테이블로 돌아갔다. 칸막이 너머 젊은 여자 둘이 마주 앉아 각자의 말티즈를 견묘차 위에 앉힌 채 조곤조곤 이야기를 나눴다.

"온라인 카페에서 사진으로만 보다가 직접 만나보니 더 좋네요. 우리 말티즈 이름은 보리예요. 수컷이구요. 야생성이 좀 강해서 환경 적응력이 좋아요. 마음을 주면 맹목적일 정도로 온 힘을 다해 사랑하는 습성이 있어요."

다른 여자가 말을 받았다.

"우리 댕댕이는 애교가 넘쳐요. 외로움도 많이 타고 엄살도 자주 부리고요. 외모는 뭐, 보시다시피 천상 요정이죠."

두 여자는 머리를 맞대고 무언가를 의논했다.

"댕댕이 발정 주기에 맞춰 교배 날짜를 잡죠. 오늘 댕댕이와 보리 상견례 자리가 결실을 맺는 셈이네요."

"좀 더 친해지게 일주일에 한 번 씩 만남을 가져요."

"보리가 목이 마른가 봐요."

"우리 댕댕이는 개 껌을 좋아해요."

잠시 후 종업원이 다가왔다. 그녀들 앞에 먹물 오징어 리조또와 새우 크림파스타가 나왔다. 말티즈 두 마리는 음식을 앞에 놓고 코를 킁킁거렸다.

"기다려. 조금 있으면 너희들 음식도 나오니까."

이번에는 레스토랑 종업원이 예쁜 금 대접에 개밥을 맛깔스럽게 담아서 보리와 댕댕이 상견례 자리에 가져왔다. 잘

익은 연어와 먹기 좋게 익은 당근과 고급 유기농으로 다져진 자연식이었다. 두 여자가 동시에 말했다.

"그야말로 개가 대접받는 세상이군요. 하하."

두 말티즈는 정신없이 먹기 시작했다. 녀석들은 그릇을 말끔히 비우고 다시 견묘차로 올라갔다. 댕댕이는 견묘 차에서 슬쩍 눈치를 보더니 냅다 줄행랑을 쳤다. 이내 민아 상견례 테이블로 달려온 댕댕이는 리트리버 앞에 앉더니 눈을 찡긋거리며 온몸으로 애교를 부렸다. 보리도 어느 새 견묘 차에서 뛰어 내려와 댕댕이와 인절미를 지켜보고 있었다. 사돈 될 남자의 낯빛이 묘했다.

"사람 상견례인지 개 상견례인지 도대체 모르겠군."

아홉 개의 풍선

밤새 노인은 한숨도 못 잤다. 영정사진으로 쓰려고 몇 년 전 찍어 놓았던 사진을 한참 찾다가 결국 찾지 못했다. 노인은 딸에게 전화를 했다.

"주영아. 네가 내 영정사진 치웠니? 분명 경대 서랍에 있었는데. 밤새 이 방 저 방 다 찾아도 안 보인다."

"엄마 사진 안 치웠는데?"

딸 주영은 보지 못했다고 했다. 한숨도 못 잤다는 말을 듣고 주영은 노인이 걱정되었다.

"엄마. 사진관에 원본 파일 있으니 내일 다시 뽑아 드릴게요. 걱정 마시고 좀 주무세요."

노인은 한숨만 나왔다. 한 해 한 해 몸의 힘이 빠져나가고 피부 거죽이 말라가는 걸 느끼니 인생 화무십일홍 서글픈 생각이 드는 건 어쩔 수 없었다.

며칠 전 노인의 생일이었다. 스무 살 먹은 손녀 희주가 할머니 생신이라며 색색의 풍선 아흔 개를 사다가 안방 천장에 빼곡히 띄워 놓았다. 그것도 모자라 거실과 방안 곳곳 벽마다 풍선 장식을 해 놓았다.

"할머니, 오늘은 할머니랑 잘 거예요. 할머니 살아온 이야기 해주세요. 듣고 싶어요."

손녀 희주가 노인의 품을 파고들었다. 주영이 미혼모로 낳은 아이였다. 핏덩이일 때부터 노인의 손에서 자란 희주는 엄마보다 할머니를 더 좋아했다.

"할머니 이야기가 뭔 재미가 있겠니? 그래도 듣고 싶다면 해주마."

노인의 방, 천장에 떠 있는 아흔 개의 풍선을 보니 풍선 하나하나마다 지나온 인생길이 주마등같이 뇌리를 스쳤다.

열아홉에 시집와 첫 아이를 낳았지. 한창 토실토실 잘 크던 아이는 첫 생일을 앞두고 있었어. 어느 추운 겨울밤 아이는 열이 펄펄 끓더구나. 경기로 까무러치기를 몇 번이나 했지. 할미는 정신이 하나도 없었단다.

그 밤 아이를 등에 업고 십 리가 넘는 면 소재지까지 걸어갔다. 시골 촌구석엔 의원도 없었다. 면 소재지에 겨우 오래된 한약방이 하나 있었다. 문을 두드려 잠자고 있는 한약방 주인을 깨웠다. 침을 맞고 돌아오는 길 앞이 안 보이는 캄캄한 밤, 등 뒤 포대기 안에서 아이는 차갑게 몸이 식더니 숨을 거두었다.

뜬눈으로 밤을 지새웠다. 손과 발이 덜덜 떨려 겨우 물 한 모금 입술에 축였다. 이른 아침 아이를 하얀 천에 감싼 후 뒤뜰 얼어붙은 땅을 팠다. 작은 구덩이에 아이를 묻고 춥지 말라고 돌무덤을 쌓았다. 죽음의 그늘이 첫 아이에게 찾아온 날 마음에 커다란 구멍이 났다.

"희주야. 할미는 첫 아이를 잃고 작은 일에도 깜짝깜짝 놀라는 병이 생겼어. 할미 나이 사십 중반 할아버지가 먼저 세상을 떠났단다. 줄줄이 사탕처럼 네 명의 어린 자식들 놔두고. 그때는 말이지. 거대한 태풍 몰아치는 바다 한가운데 할미 홀로 버려진 것 같았지. 새끼들 키워야 하니 그저 발버둥 치며 살았단다. 그 시절 혼자 울기도 많이 울었어. 여자 혼자 세상 헤쳐 가는 게 여간 고되고 힘든 게 아니더라. 말해 뭣해. 눈앞에 밀려오는 소용돌이를 감당할 수 없어서 때론 죽고 싶었어. 커나가는 자식들 보며 무덤에 들어가고 싶은 마음 겨우겨우 버텨 냈단다. 네 고모랑 삼촌들 직장에 들어가고 결혼해서 짝을 찾을 때는 마음 풍선에 공기가 빵빵하게 가득 들어차는 것 같더구나."

노인은 중얼중얼 계속 이야기를 이어 나갔다. 어느새 시계는 밤 12시를 가리키고 있었다. 노인은 희주의 얼굴을 쳐다보았다. 희주는 곤히 잠들어 있었다.

희주가 노인의 방에 달아놓은 풍선은 생일 지나 이튿날 아침까지는 바람이 빵빵해서 볼만하더니 하나둘 쭈그러들었다. 노인은 침대에 누워 바람이 빠져 축 늘어진 풍선을 물끄러미 바라보며 잊고 지낸 인생의 조각들을 하나 둘 떠올렸다.

노인은 몸을 오른쪽으로 반쯤 돌렸다. 손을 뻗어 머리맡 벽에 붙어있는 회색빛깔 쭈그러진 풍선을 하나 떼었다. 뭔가 딱딱한 게 만져졌다. 노인은 찬찬히 풍선을 뒤집어 보았다. 풍선 안에 손녀딸의 쪽지가 들어있었다.

- 할머니. 풍선과 함께 지난날의 슬픔을 하늘로 날려 보내요. 이제부터 매일 새로운 풍선 하나씩 불어 드릴게요.

아침햇살이 노인의 방 창가로 스며들어왔다. 노인은 침대에서 몸을 겨우 일으켰다. 언제부터인가 다리가 천근만근이다. 이젠 한 발짝 떼기도 겁난다. 비척비척 쓰러지려는 몸을 지탱하기 위해 침대 모서리를 잡고 일어서다 노인은 그만 침대 밑으로 나뒹굴었다. 침대에서 떨어진 노인은 그 후유증으로 한 달여 시름시름 앓다가 숨을 거두었다.

희주는 곱게 웃고 있는 할머니의 영정 사진을 한참 들여다보았다. 그 옆, 희주가 걸어놓은 아홉 개의 풍선도 형형색색으로 아름답게 빛나고 있었다. 앞에 놓여 있는 작은 테이블엔 '풍선 한 개엔 할머니의 10년 인생이 들어있습니다.'라는 팻말 글씨가 올려져있었다.

생존반응

온유 부동산? 그녀는 스마트 폰 지도를 검색했다. 300미터만 직진하면 되겠군. 부드럽게 핸들을 틀어 전원마을 언덕 위 작은 사무실 앞에 차를 멈췄다.

부동산 사무실의 문을 열었다. 안경을 머리 위에 걸치고 팔짱을 낀 채 의자에 앉아 꾸벅꾸벅 졸고 있던 사장이 인기척 소리에 놀라 눈을 번쩍 떴다. 그녀가 먼저 말을 건넸다.

"조용한 전원주택 하나 소개해 주세요."

"어서 오세요. 마침 좋은 집 있어요."

사장은 그녀를 태우고 동네를 한 바퀴 돌았다. 차창 너머 햇살에 반짝이는 논과 숲, 잔디 위로 낮게 깔리는 바람, 작은 텃밭을 품은 2층 집 앞에서 멈춰 섰다.

"남향이라 볕이 좋아요. 주인이 급매로 내놓았어요."

"조용히 방해받지 않고 살고 싶은 집을 찾는 중이에요. 그림을 그리고 싶거든요."

"이 동네 예술촌인 건 아시죠? 화가들이 많이 살아요. 길 따라 조금 걸어가면 산책길이 잘 조성된 피톤치드 숲도 있고요. 심신 편안하죠. 이만한 환경 없습니다."

"어쩐지. 동네가 무척 예쁘다고 생각했어요."

부동산 사장과 계약서를 마무리한 며칠 후 그녀의 비밀스런 외출이 시작되었다. 그녀는 남편이 출근하면 곧장 전원주택으로 향했다. 삶의 출구를 찾은 그녀의 얼굴에 오랜만에 생기가 돌았다. 그녀는 심플하면서도 고풍스럽게 집을 꾸몄다. 두어 달이 지났다. 드디어 그녀만의 아지트가 완성되었다.

'반딧불이 오두막' 그녀는 집에 이름도 붙였다. 잃어버린 자신을 되찾기 위한 조용한 항해를 시작했다. 그녀는 새로운 출발의 눈부심에 아이처럼 마음이 들떴다. 남편 몰래 평생 모아놓은 비자금에 은행 대출을 받은 보람이 있었다.

한낮의 늘어지는 햇살이 그녀의 등 뒤로 쏟아졌다. 그녀는 집 뒤 숲속으로 이어지는 산책길을 천천히 걸을 때 뭉친 마음들을 길 위에 풀어 놓을 수 있어 좋았다. 담금질하듯 살아왔던 마음이 신비한 숲의 바람 소리에 정갈해졌다. 가랑잎 바스락거리며 걸을 수 있는 작은 오솔길이 보였다. 길 끝에 나무 하나가 보였다. 그녀는 그곳에 고단하고 서러웠던 그녀의 마음을 걸어두었다. 햇볕이 나무에 걸려있는 그녀의 마음을 가만가만 어루만져주었다. 찢기고 해어지고 그늘졌던 그녀의 마음이 청정하게 밝아졌다.

 따뜻한 봄이 오는군. 나무들 사이 여린 싹이 순하게 돋아나고 있었다. 어린 순의 작은 잎들을 보며 그녀는 꿈길을 더듬듯 새로운 구원을 생각했다. 산그늘에 앉아 풀꽃 향기를 맡으며 지난 시간의 흔적을 더듬었다. 이미 세상을 떠난 화가였던 아버지의 목소리가 눈감은 그녀의 귓가에 서성였다. 그녀가 고단한 세월 속으로 던져 버렸던 음성이었다.
 "우리 딸 그림 그려야지. 네 천재적 재능 썩히지 마. 손에서 붓을 놓으면 안 된다. 넌 세계적인 화가가 될 거야."
 "아버지. 손은 투박해졌고 이젠 꿈도 사라졌어요."
 "아니야. 네 손 끝에 내 손이 포개져 있단다. 명심해."

 적당한 때를 기다리던 그녀가 남편에게 말했다.
 "우리 같이 산 세월이 33년이야. 이제 각자 떨어져 편하게 살자. 일 년에 서너 번만 만나자. 당신 신용카드 내가 사용하고 내 꺼 당신이 사용하고. 가끔 서로 살아있나 확인은 카드로. 그렇게 생존 신호만 확인하자고."
 "당신 미쳤어?"
 그녀는 마트에서 사 온 일회용 밥을 싱크대 위에 차곡차곡 쌓았다. 그녀의 몸에서 흐르는 단호함이 보이자 남편의 목소리가 누그러졌다.
"어디 가서 며칠 푹 쉬다 오던지."
"내 마음 알려고 해본 적도 없지."
"뭔 뜬구름 잡는 소리야?"
"하루 이틀 생각한 게 아닌데. 진짜로."
그녀는 짐을 꾸렸다.

'호박 국수 6000원' 핸드폰 문자가 띠리링 울렸다. 일주일에 몇 차례씩 그녀의 문자에 '○○ 해장국 9000원' '중화요리 8000원' 번갈아 떴다. 그 문자는 단순한 식사내역이 아닌 그가 살아있다는 증거였다. 카드를 긁을 때마다 그는 생존을 반응하고 있었다. 그녀는 문자를 읽으며 무덤덤하게 혼잣말로 중얼거렸다.
"맛나게 먹어."
서너 달이 지난 어느 날 푸른 물감이 듬뿍 묻은 붓을 들고 얼어붙은 마음을 화폭에 녹이려 애썼다. 그녀는 꿈의 터전을 더 이상 방해받고 싶지 않아 핸드폰을 꺼버렸다. 캔버스 위에 짙은 색채로 덧칠하며 그녀는 지난 세월의 파편들을 하나씩 다독였다. 유리 조각처럼 날카로운 기억과 얼룩진 상처들을 화폭에 담았다. 단단한 바위 얼굴 같은 마음을 만들기 위해 그녀는 하루도 빠짐없이 그림을 그렸다.
반년이 지났다. 그녀의 방은 물감 냄새로 가득했다. 캔버스마다 그녀의 상처와 희망이 뒤엉켜 있었다. 어느 날 새 물감과 캔버스를 사기 위해 집을 나섰다. 물감을 사는 행위는 단순한 구매가 아니라 그녀가 살아가기 위해 선택한 반응이었다.

작은 미술용품점의 카운터에서 그녀는 익숙한 동작으로 카드를 내밀었다. 직원이 카드를 받아 스캐너에 긁었다. 잠시 후, 직원이 고개를 들며 말했다.

"한도 초과입니다. 혹시 다른 카드 없나요?"

그녀가 되물었다

"한도 초과요?"

직원은 고개를 끄덕였다.

"네. 결제가 안 되네요. 다른 카드 있으시면 그걸로 해 보시겠어요?"

그녀는 주머니를 뒤져 다른 카드를 꺼냈다. 그녀의 생존은 그 얇은 플라스틱 조각에 달려있었다. 그녀는 카드를 손에 쥔 채 캔버스와 물감이 쌓인 카운터를 멍하니 바라보았다.

새로 산 그림 도구들을 보물 상자처럼 한가득 가슴에 안아 들고 하얀 꽃이 피어 있는 길을 따라 걸었다. 오랜만에 하늘을 올려다보았다. 파란 하늘 옆으로 먹구름이 바쁘게 이동하고 있었다. 산언덕 너머로 멀어지는 뿌연 회색 구름이 스산해 보였다. 그녀는 길 위에 서서 습기를 머금은 바람이 불 때마다 흔들리는 하얀 꽃을 어루만져 보았다. 빗방울이 꽃잎 위로 후두두 떨어졌다. 우산을 가져오지 않았기에 물감이 든 봉지를 머리에 받치고 집으로 발걸음을 재촉했다.

그녀는 거실 한복판에 이젤을 세웠다. 마당 처마 밑에 받아 놓았던 빗물과 섞어 흐릿한 물감 색으로 하얀 캔버스를 물들였다. 슬펐던 날들이 그녀의 손끝을 통해 하나씩 채색되어갔다. 찰랑대는 물소리가 들려오는 호수를 화폭에 담았다. 가끔 기뻤던 날들이 떠올랐다. 그녀는 또렷하고 맑은 물감 색을 만들어 호수 주변으로 해바라기 피어나는 금빛 찬란한 풍경을 표현했다.

늦가을이 왔다. 그녀는 텃밭에 나갔다. 몇 달 전 심어 놓은 무들이 밭고랑 두둑 위로 하얀 몸을 드러내며 올라와 있었다. 그중 가장 모양이 좋고 싱싱한 무를 뽑았다. 거실로 들어와 냉장고를 열고 사다 놓았던 생태를 꺼냈다. 무를 납작하게 썰고 생새우를 넣어 남편이 가장 좋아하는 생태찌개를 달큼하게 끓인 그녀는 사진을 찍어 전송했다. 남편은 일회용 밥에 묵은 지를 썰어 넣고 김치볶음밥을 했다며 커다란 프라이팬을 식탁 위에 통째로 올려놓고 밥을 퍼먹는 사진을 그녀에게 전송했다. 보이지 않는 부부의 마음이 자연하게 서로를 지켜보았다.

반딧불이 오두막집 거실에 걸린 풍경화 속 저녁노을은 붉게 물들어 있었다.

귀를 씻는 남자

 그는 영화를 보고 잠자리에 들었다. 영화 장면이 그의 뇌리에 깊이 각인된 탓인지 지독한 가위에 눌렸다. 현실과 영화와 뒤섞여 허공 위를 붕붕 떠다녔다. 정신은 또렷했지만 몸은 마치 낡은 나무토막처럼 굳어 있었다. 결박당한 자의 숨죽인 고통 속에서 그의 귀에 미세한 소리가 스멀스멀 스며들었다. 그 소리에 그의 귀가 노랗게 짓무르더니 이내 썩어 들었다. 소리의 파동은 방울뱀의 꼬리였다.
 문득 그의 귀에 대고 입만 열면 거짓말을 속삭이던 여자가 떠올랐다. 여자는 누구 앞에서도 주눅 드는 법이 없이 당당했다. 여자가 고개를 꼿꼿이 들고 자신의 직속 상사를 면담하다가 발로 문을 차고 나간 사건은 영웅담이 되어 퍼졌다. 그 후로 상사는 여자의 입만 살폈다.

귀를 핥아대던 촉촉하고 달달했던
여자의 혀가 생각나자 그는 슬퍼졌다

거짓말 잘하는 여자는 반짝이는 보석으로 치장한 똬리를 튼 방울뱀 장식을 핸드폰커버에 붙이고 다녔다. 여자는 방울뱀에게 신의 지혜를 빌며 기도한다고 했다. 여자는 방울뱀의 꼬리를 쉬지 않고 흔들어대는 끈기가 남달랐다. 교태를 부리며 지치지도 않고 몇 시간이고 이어지던 그녀의 말솜씨는 치명적이었다. 여자의 짙은 화장과 매혹적인 라일락 향, 오드퍼퓸 냄새, 가끔 날리는 아련한 눈빛, 귓불을 간질이는 숨결은 사람을 혼미하게 만들었다. 그는 요염한 여자의 품에 고꾸라지듯 미끄러졌다.

어느 날 여자가 조용히 웃었다.

"더 이상 내게 가까이 오지 마. 다쳐."

귀를 핥아대던 촉촉하고 달달했던 여자의 혀가 생각나자

귀를 씻는 남자

그는 슬퍼졌다. 그의 존재는 여자가 밟고 올라서려던 아래층 계단 한 칸에 불과했다는 것을 나중에서야 알아챘다. 뱀의 지혜를 빌려서일까? 여자는 힘 있는 남자들의 귓가를 간사한 혀로 핥으며 차근차근 자신이 쌓아 올린 욕망의 탑까지 올랐다.

그가 여자와 멀어진 후 어느 날 여자의 카카오톡 프로필을 보았다. 프로필 사진 속 여자는 눈부신 태양을 향해 두 팔을 활짝 벌리고 있었다. 그는 여자에게 보이스톡을 할까 말까 망설였다. 심장이 두근거렸다. 묘한 표정을 짓고 있는 여자의 혀가 뱀의 갈라진 혓바닥 같았다. 혀의 감촉이 생각나자 이전과 달리 전신에 소름이 돋았다. 잠시 숨을 길게 내쉰 그는 칼을 뽑아 여자의 혀를 베었다.

"베드로는 말고의 귀를 잘랐지. 나는 네 혀를 자른다."

여자의 혀를 자르고 나자 썩어들어 가던 그의 귀에서 방울뱀의 꼬리가 툭 떨어져 나왔다. 잘라진 방울뱀 꼬리가 빙글빙글 돌며 땅에 굴렀다. 그는 칼을 들어 방울뱀 꼬리를 한 번 더 잘랐다. 그의 귀에 감겨 요란스런 소리를 내던 방울뱀 꼬리는 소리를 멈췄다. 오랜 시간 그는 컴컴한 공간에서 허방을 발로 밟고 서 있었다.

봄비가 내렸다. 그는 오랜만에 집 밖으로 나와 천변을 걸었다. 길 따라 벚꽃이 흐드러지게 피어 있었다. 한동안 여자의 환영에 시달리느라 꽃이 피어나는지도 모르고 있었다.

   그는 메말랐던 대지와 함께 단비를 온몸에 맞으며 흐르는 빗물에 연신 귀를 씻었다.

검은 그림자

 벚꽃이 하얀 눈송이처럼 흩날렸다. 제주도의 봄날은 눈부시게 맑았다. 그녀는 해안선을 따라 차를 달렸다. 창문을 내리자 햇살 사이로 시원한 바람이 얼굴을 어루만졌다. 그녀는 한껏 기분이 들떠 혼자만의 아늑한 자유로움에 빠져들었다. 은빛 평행선 같은 선로를 따라 햇볕이 쏟아지고 있었다. 모든 것이 평탄하게 흘러가는 듯했다.
 그녀가 커브 길을 막 돌았을 때였다. 순간 도로 옆 수풀 속에서 검은 그림자가 튀어나왔다. 놀란 그녀는 가까스로 그림자를 피하며 차의 속력을 높였다. 검은 그림자도 질세라 몸집을 더 키우더니 바짝 쫓아왔다. 금세 다가온 검은 그림자는 그녀의 자동차 양쪽 뒷바퀴를 잡아 차를 바닥으로부터 들어올렸다. 자동차를 당장이라도 던져버릴 기세였다. 그녀는

가시에 찔린 발뒤꿈치에 작은 안개초가 피어났다
하늘거리는 작은 꽃 사이로 그림자 아버지의 맑은 눈동자가 보였다

전투태세에 돌입했다. 자가운전 주행 모드로 운전 버튼을 눌렀다. 그녀가 외쳤다.

"변신!"

그녀의 자동차가 로봇으로 변하더니 검은 그림자를 향해 주먹을 멋지게 날렸다. 검은 그림자가 비틀거렸다. 그림자 사이로 깊이를 알 수 없는 눈이 보였다. 그 눈은 아버지의 슬픈 눈과 닮아있었다.

그녀는 제주도 올레 길을 달렸다. 자동차 안 에어컨을 낮췄다. 길 따라 달리며 옥색 빛깔 푸른 바다를 보니 뭉치고 답답했던 마음이 시원해졌다. 에버그린 팝송을 틀어놓고 노래 가사를 흥얼거리며 신나게 달렸다.

그녀가 바다 쪽으로 고개를 돌렸을 때 물속에서 검은 그림

자가 쑥 올라왔다. 바다 위를 성큼 걸어온 거대한 그림자는 장난감처럼 자동차를 들어 올려 무시무시한 힘으로 내던졌다. 그녀는 자동차와 함께 차가운 물속으로 빨려 들어갔다. 심장이 터질 것 같았다. 간신히 문을 열고 빠져나왔으나 정신이 아득해졌다. 그림자는 따가운 산호초로 변신해 그녀를 공격했다. 산호초의 비릿한 냄새는 사춘기 시절 어스름한 저녁 집으로 돌아오는 골목에서 만난 바바리맨의 코트에서 나던 냄새였다. 그녀는 구역질이 났다.

그녀는 산호초 무더기를 피하려다 성게무리 위에 미끄러졌다. 벌러덩 넘어진 그녀의 몸에 성게 가시들이 수없이 박혔다. 따끔거리던 살갗이 벌겋게 부풀어 올랐다. 성게 가시는 전체적으로 미늘이 있어서 살 안으로 파고들 때는 부드럽게 들어왔다. 엄청난 통증과 아픔이 몰려왔다. 그녀는 죽을 힘을 다해 물을 가르며 위로 솟구쳤다.

성게 가시가 박힌 다리는 욱신거렸다. 그녀는 손으로 물을 젓고 바다를 힘껏 발로 찼다. 그녀는 물 위에 떠서 멀어지는 검은 그림자를 노려봤다. 그녀는 해안으로 헤엄쳐 나갔다.

그녀는 예약한 펜션 숙소로 절뚝이며 걸었다. 숙소에 들어선 그녀는 발바닥과 다리에 박힌 성게가시부터 하나씩 핀셋으로 뽑았다. 성게 가시들은 똑똑 부러질 뿐 잘 뽑히지 않았다. 고통에 그녀의 얼굴이 일그러졌다. 욕조에 물을 채운 다음 여행갈 때마다 가지고 다니는 천연식초를 꺼냈다. 그녀는 식초 한 병을 몽땅 들이부었다. 욕조 물에 몸을 담그고 기절하듯 잠이 들었다.

 광풍이 몰려와 그녀를 삼키는 악몽을 꾸다가 눈을 떴다. 꿈결을 걷어내며 그녀는 자신에게 말했다.

 - 가시는 빼는 게 아니라 녹이는 거야.

 가시에 찔린 발뒤꿈치에 작은 안개초가 피어났다. 하늘거리는 작은 꽃 사이로 그림자 아버지의 맑은 눈동자가 보였다.

 그녀가 여덟 살 때였다. 아버지는 그녀를 사진관에 데리고 갔다.

 "초등학교 입학 기념사진이야."

 그녀가 아버지와 찍은 유일한 사진이었다. 아버지의 얼굴은 부드럽게 웃고 있었다. 사진관 문을 열고 밖으로 나왔다. 햇살이 아버지 어깨 위로 내려앉았다. 그녀는 한가롭게 아버지의 손을 잡고 걸었다. 그날의 기억은 한 폭의 추억이 되었다.

 다음날 그녀는 해안의 모래사장으로 나왔다. 성게 가시의 욱신거리는 통증이 여전히 그녀를 괴롭혔다. 그녀는 아버지와 찍은 사진을 지금껏 펜던트 목걸이로 만들어 목에 걸고 다녔다. 그녀는 본능적으로 목에 걸린 펜던트를 쥐었다. 사진관에서의 짧았던 행복이 작은 펜던트 안에 갇혀 있었다. 몇 년 전 병으로 세상을 뜬 아버지는 설명할 수 없는 상실감을 그녀에게 남겼다. 꿈속에서 그녀를 쫓아오는 건 검은 그림자뿐이었다. 그녀는 펜던트를 바라보며 중얼거렸다.

"아빠, 왜 날 두고 갔어? 왜 아무 말도 없이."

검은 그림자가 다시 수평선 너머에서 떠올랐다. 그림자는 그녀를 공격하지 않고 가만히 서 있었다. 펜던트 목걸이 뚜껑을 열어서 검은 그림자에게 보였다. 멀리서 사진 속 그녀의 눈동자를 응시하던 검은 그림자는 서글픈 미소를 지었다.

그녀는 펜던트를 손에 쥔 채 말했다.

"아빠. 이제 도망치지 않을게요. 우리 이제 화해해요."

바람이 그녀의 말을 어딘가로 실어 나르는 듯했다.

장례희망

밝은 밤 남편과 나는 조용한 골목길을 나란히 걷고 있었다. 남편이 말했다.

"요즘 뉴스 보기 겁나. 비행기 사고, 선박 사고. 갑작스런 사고가 너무 많아. 사람 일은 정말 몰라."

"그러게."

나는 허공을 바라보며 말했다.

"내가 먼저 죽으면 하얀 국화꽃 말고 붉은 장미꽃으로 장식해 줘."

"뜬금없이."

"당신 말대로 앞일은 모르잖아."

"참나."

"나 장미향 좋아하잖아. 조문 오는 사람들한테 장미 한 송이씩 선물로 주라."

"죽는 게 그렇게 좋냐?"
"더 좋은 곳으로 가는 거잖아."
남편은 어이없다는 듯 픽 웃으며 손가락으로 하늘을 가리켰다.
"그만하고. 저기 보름달이나 봐."

장대비가 내리는 밤 나는 어두운 고속도로를 달리고 있었다. 앞 유리위로 쏟아지는 빗줄기는 쉼 없이 내리쳐 시야를 흐렸다. 와이퍼는 초조한 심장처럼 빠르게 빗물을 쳐냈다. 나는 핸들에 바짝 집중한 채 제한 속도를 지키며 전방을 주시하고 있었다.
그때였다. 뒤에서 달려오던 덤프트럭이 거대한 굉음과 함께 내 차를 들이받았다.
"쾅 콰쾅 쾅."
순간 머리가 휘둘렸고 목이 꺾였다. 가슴이 핸들에 박히며 뼛속까지 찢어지는 고통이 밀려들었다. 뜨거운 액체가 내 이마를 타고 흘렀다. 이내 모든 빛이 꺼졌다.

영정사진 속에서 나는 미소 짓고 있었다.
"나 여기 있어."
나는 애써 말을 걸어보지만 누구도 나의 존재를 느끼지 못했다. 딸은 검정 치마저고리를 입고 한없이 울었고 아들은

조문객이 어깨를 두드릴 때마다 참지 못하고 눈시울을 붉혔다. 남편은 굳은 손을 맞잡은 채 공허한 눈으로 허공만 응시했다.

조문객 중 누군가가 속삭였다.

"겨우 쉰인데. 애들 다 키우고 이제 살만하다더니."

"가족 생각만 하다 간 사람이야."

남편은 가라앉은 음성으로 말했다.

"아내가 좋아하던 장미 한 송이씩 가져 가셔요."

바꿀 수 없는 운명 앞에선 남편의 얼굴이 하룻밤 사이에 10년은 늙어버린 듯 초췌했다. 내 소원대로 영정 앞에는 붉은 장미꽃이 수북이 쌓였다. 조문을 마친 사람들은 장미 한 송이씩을 가지고 돌아갔다.

천사가 나타났다. 흰 옷자락이 바람결에 나부끼고 나는 그 뒤를 조용히 따랐다. 맑게 빛나는 성 입구와 보석처럼 반짝이는 벽, 천국이었다. 몇몇은 아는 얼굴이었다.

"어서 오세요. 환영합니다."

그들의 환한 인사에 눈물이 났다. 어느새 나는 눈부신 보좌 앞에 섰다. 신이 내려와 나를 안았다.

"네 눈물이 유리병에 가득 찼기에 네가 이곳에 올 수 있었단다."

나는 속삭이듯 말했다.

"슬픔은 종종 봄을 기다리는 기도 같았어요."

신은 내 눈물을 닦아 주며 웃었다.

"그 눈물이 나의 마음을 움직였지."

신은 나에게 천국의 모습이 어떠냐고 물었다.

"다들 춤추며 노래하고 얼굴엔 밝은 웃음만 있어요."

"이곳은 모두가 꿈꾸던 왕국, 천국이란다. 시기도 질투도, 경쟁도 없지."

신의 말이 끝나고 천사가 나에게 천국에서 사는 법을 하나씩 알려 주었다.

천사를 따라 얕은 강을 건넜다. 강물은 맑고 잔잔해서 발이 닿을 때마다 시원한 기운이 온몸으로 퍼졌다. 강을 건너니 끝없이 넓은 초원이 눈앞에 펼쳐졌다. 사자와 양이 서로 장난치며 뒹굴고 있었다. 세상에서 나는 쫓고 쫓기며 살았다. 서로에게 미소 짓는 평화로운 풍경에 나는 넋을 잃었다.

"어떻게 이런 일이 가능하지?"

냇가로 걸어가니 수정처럼 투명한 물이 졸졸 흘렀다. 냇가 양옆엔 과일나무들이 줄지어 있었고 온갖 색깔의 열매들이 주렁주렁 매달려 있었다. 천사가 부드러운 목소리로 말했다.

"이 나무들은 달마다 열두 가지 열매를 맺지. 언제나 새롭고 풍성한 선물이야."

나는 반짝이는 황금색 사과를 따서 살짝 베어 물었다. 입

안에서 달콤한 향이 퍼져나갔다. 그 맛은 세상 어떤 말로도 다 담을 수 없는 마음을 어루만지는 위로였다.

부드러운 바람이 불고 햇살은 따스하게 초원을 감쌌다. 새들은 맑은 소리로 노래하고 나무 잎사귀는 바람에 살랑이며 춤췄다. 모든 게 조화롭고 평화로웠다. 이곳에선 두려움이나 아픔이 발붙일 곳이 없었다.

천사가 미소 지으며 말했다.

"여긴 모든 게 새로워지는 곳이죠. 마음이 쉬고 영혼이 노래하는 곳이랍니다."

나는 그 말을 들으며 가만히 고개를 끄덕였다.

내 몸은 관 속에 누워있었다. 가족들은 관 뚜껑을 덮기 전 마지막 작별 인사를 하라는 장례지도사의 말에 차디차게 식은 내 몸을 어루만지다 흐느꼈다. 여보. 엄마. 남편과 아들과 딸의 눈이 퉁퉁 부어 있었다. 나는 천국의 모습을 사진으로 찍어 그들에게 보여주고 싶었다. 기쁨이 넘치는 곳에 왔으니 그만 울고 축복해 주라고 말하고 싶었다. 신성하고 신비로우며 초자연적인 천국의 아름다움을 말해주고 싶었다.

눈을 떴다.

베개는 땀으로 흥건히 젖어 있었다. 나는 중얼거렸다.

"여기가 천국인가?"

신이 있는지 주위를 둘러보았다. 부드러운 빛과 평화로운 초원은 어디로 간 건지 손등을 꼬집었다. 따끔한 통증이 현실을 일깨웠다. 방금 꿈속에서 건넜던 그 세계가 떠올랐다. 사자와 양이 함께 웃던 초원과 황금빛 사과의 달콤함은 무색의 공기 속으로 스르르 사라진 듯했다.

나는 자리에서 일어나 창문을 열었다. 동트기 전의 세상은 짙은 안개로 뒤덮여 있었다. 차가운 공기가 방 안으로 밀려들었다. 자욱한 안개 너머로 교회 첨탑 위 십자가 불빛이 희미하게 깜빡였다. 빛은 약해 보였지만 고요히 세상을 비추고 있었다.

카페 쉼표

무더위가 기승을 부리던 여름날 오후였다. 카페 문을 열고 한 여자가 들어왔다. 커피를 내리던 인정은 고개를 들어 출입구를 바라보았다. 그녀였다. 화요일 오후 2시면 카페에 오는 중년 여인. 그녀는 창가에 자리를 잡은 후 카운터 앞으로 걸어왔다.

"따뜻한 아메리카노 한잔과 딸기 마카롱 한 개 줘요."

여느 때와 달리 얼굴엔 수심이 가득했다. 인정은 커피기계 앞으로 가서 에스프레소를 추출했다. 그녀의 기호에 맞게 물 비율을 적절히 맞추었다. 그녀는 연한 아메리카노를 좋아했다. 인정은 아메리카노와 딸기 마카롱을 쟁반에 얹어 그녀가 앉아있는 쪽으로 걸어갔다.

북 카페 쉼표는 수제 마카롱으로 이름난 곳이었다. 손으로 빚어내는 공정이 번거로운 탓에 마카롱 한 개 가격은 다소

비쌌다. 인정은 창가에 멍하니 앉아있는 그녀를 걱정스러운 눈빛으로 바라보다가 조심스레 말을 건넸다.

"무슨 일 있으셨어요? 기운 내시라고 딸기 마카롱 하나 더 드릴게요."

잠시 침묵하던 그녀가 입술을 떼었다.

"지난겨울 둘째 언니가 갑자기 뇌출혈로 세상을 떴어요. 석 달 뒤에 셋째 언니마저 뇌졸중으로 가셨고 며칠 전 큰언니마저 같은 병으로 저세상에 가셨어요."

인정은 깜짝 놀랐다.

"어머나. 몇 달 사이 연거푸 큰일을 치르셨군요."

그녀가 멍한 표정으로 아메리카노를 입으로 가져가며 말했다.

"나는 딸만 넷인 집의 막내예요. 중학생 때 부모님이 돌아가시고 언니들만 믿고 살아왔는데. 이제는 천애고아가 되어버렸네요. 큰언니는 나에겐 엄마 같았어요."

인정은 깊은 연민이 담긴 목소리로 말했다.

"정말 너무 안 되셨네요."

작은 얼굴에 동그랗고 커다란 눈과 가냘픈 목선, 그녀는 나이가 믿기지 않을 정도로 피부가 고왔다. 인정은 그런 그녀의 얼굴에 짙은 그림자가 드리워진 모습이 안타까웠다. 그날 그녀는 한참동안 말없이 창밖을 바라보다가 카페를 나갔다.

보름이 지났을까? 주말 오후 그녀가 카페 문을 열고 들어왔다. 평소와 달리 화사한 원피스에 예쁜 스카프를 매고 있었다.

"주말엔 처음 오시네요. 오늘 정말 예쁘셔요. 생기가 넘쳐 보여요."

그녀가 멋쩍게 웃었다.

"아이고 참 내. 오늘이 화요일인 줄 알았지 뭐예요. 이 원피스 큰언니가 내 생일에 사 준거예요. 스카프도요."

주말이라 창가 자리가 없다는 인정의 말에 그녀는 아쉬운 듯 말했다.

"아메리카노 테이크아웃이요. 아 참. 큰언니랑 여기서 만나기로 했는데."

인정은 흠칫 놀랐다.

"큰언니요?"

그녀도 순간 머리를 흔들며 웃었다.

"내 정신 봐라."

인정은 아메리카노와 그녀가 좋아하는 마카롱 두 개를 포장해서 주었다. 그녀는 기분 좋은 얼굴로 카페를 나갔다.

늦가을, 창밖에 낙엽이 붉게 물들어가고 있었다. 화요일 두 시 인정의 카페 문이 열렸다. 그녀가 미소 지으며 인정에게 다가왔다.

"큰언니. 나 왔어."

그녀는 마치 오랜만에 귀가한 소녀 같았다. 그녀는 인정을 바라보며 아무것도 모르는 아이처럼 해맑게 웃고 있었다.

"창가로 가서 기다려요. 금방 마카롱과 커피 가져다줄게요."

그녀는 "네!" 하고 맑게 웃으며 창가로 갔다. 인정은 쟁반을 들고 다가가서 그녀 곁에 앉았다. 그녀가 손가방에서 머리핀과 머리빗을 꺼냈다.

"큰언니. 언니가 나 중·고등학교 학비 다 대주었잖아. 그동안 살림 어려워서 은혜를 못 갚았어. 이제야 생각이 나더라고. 내가 아끼는 보석들이야. 언니 다 가져. 이 빗도."

인정은 목이 메여왔다.

"이렇게 귀한 것을 나 다 가져도 되는 거야? 정말 고마워. 여기 내 옆으로 와봐. 머리 빗겨 줄게."

그녀는 순진한 아이처럼 다가와 앉았다. 인정은 머리를 차분히 빗겨 준 다음 그녀의 앞머리를 옆으로 돌려 살짝 가르마를 탔다. 예쁜 큐빅이 박힌 머리핀을 집어 들어 머리에 꽂아 주었다.

"역시 언니가 빗겨줘야 예뻐요. 그렇게 하고 가면 친구들이 늘 예쁘대."

"그렇지? 우리 막내. 오늘도 참 예쁘다."

그녀는 손가방을 들고 일어섰다.

"언니 고마워. 나 학교 다녀올게."

인정도 따라 일어섰다.

"잠깐, 이거. 마카롱 한 팩 가져가."

인정은 그녀의 손에 마카롱이 담긴 봉투를 쥐여 주었다. 그 순간 그녀가 퍼뜩 정신이 돌아온 듯 인정을 쳐다보았다.

"이렇게 나 다 주면 어떻게 장사하려고요? 남는 게 없잖아요."

"내가 사장이에요. 내 맘대로 해도 괜찮아요."

초겨울, 눈이 살포시 내리는 오후 그녀가 흰 눈을 털며 들어왔다. 머리는 더 하얘졌고 얼굴은 평온해 보였다.

"큰언니. 지난번 깜빡했지 뭐야. 신혼 때 우리 집 살 때 언니가 돈 보태 주었잖아. 크게는 못 갚지만 매일 만 원씩 드릴게요. 여기 만원. 캐러멜 사탕 많이 가져왔어. 큰언니는 캐러멜 사탕 엄청 좋아하잖아."

창밖에는 어느새 눈발이 짙어졌다. 인정은 그녀와 마주보며 창가 자리에 앉았다. 그녀가 손가방을 열어 봉투 하나를 꺼냈다.

"우리 남편이 큰언니한테 가져다주래요."

인정은 봉투를 열었다. 그녀와 언니들이 어린 시절 함께 찍은 빛바랜 사진이 들어있었다. 사진 속 소녀들은 모두 해맑게 웃고 있었다. 봉투 안쪽에는 그녀 남편의 편지가 들어 있었다.

"우리 아내 살펴 주셔서 감사합니다. 아내가 마카롱을 집에 가져와 사장님 이야기를 자주 하더군요. 차디찬 바람만 가득한 세상인 줄 알았는데 꼭 그렇지 않다는 걸 알았어요. 사실 아내는 치매 초기입니다. 기억이 들락날락하지만 카페에 다녀온 날은 얼굴이 한결 밝아집니다. 작은 성의 표합니다. 거절하지 마시고 받아주세요."

인정은 봉투에서 사진만 꺼내고 남편의 성의는 그대로 그녀 가방에 도로 넣어 주었다. 인정은 카페 문을 나서는 그녀 손에 마카롱 두 팩을 꼭 쥐여 주었다.

"언제든 오렴. 막내야."

그녀는 카페를 나갔다. 하얀 눈 위로 그녀가 걸어가고 있었다. 그녀 곁으로 남편이 다가와 그녀를 감싸 안았다. 인정은 두 손을 모은 채 그들이 아련히 멀어질 때까지 가만히 바라보았다.

발문 | 황충상 소설가, 동리문학원장

소설은 문장의 집이다

    정기옥 스마트소설 30편은 '마음교향곡'이다. 치유의 향기가 상한 마음에 스며들기 때문이다. 책의 글에 대한 말은 가볍게 해야 멀리 간다. 스마트소설의 창작지론이기도 하다. 이 원칙을 내세워 스마트소설 일곱 편에서 가장 스마트한 한 문장을 가려 뽑아 발췌 발문으로 읽고자 한다.

    영혼의 무게 _ 빛의 갑옷을 입으면 어떤 어둠이 몰려와도 당신은 보호받습니다. | 세상에 빛의 갑옷을 입은 사람 몇이나 될까. 아무도 그 답을 모른다. _ **산문 발상**

    공간이동 _ 내 마음엔 네 개의 방이 있다. | 노랑 방, 파랑 방, 빨강 방. 그리고 흰 방. 그 방엔 나만 있거나 너만 있다. _ **운문 발상**

    세상을 흡입하는 입 _ 세상이 입 하나로 돌아가고 있다. | 말이 무섭다. 키스가 무섭다. 두 입술이 무섭다. 사랑이 무섭다. _ **운문 발상**

    빨간 남자 _ 남자는 빨강 옷을 입을 때마다 첫사랑 여자의 형상도 같이 입었다. 어느 날 남자는 거울 앞에 벌거벗고 섰다. 살 거죽이 온통 빨강이고 눈동자도 빨강이었다. **산문 발상**

신기루 _ 사막을 걷는 꿈을 꾼 건 신혼 첫날밤이었다. 서걱서걱 밤이 서걱거렸다. 달빛 아래 흰 여우 한 마리 잠들어 있었다. **산문 발상**

마음교향곡 _ 꽃이 피를 흘린다고요? 정말, 보셨어요? 보았지. 빨강 장미가 흰 피를 흘리며 우는 것을. **운문 발상**

아홉 개의 풍선 _ 풍선 한 개엔 할머니의 10년 인생이 들어있습니다. 손녀의 아홉 빛깔 풍선 선물. 무지개 일곱 빛깔에 할머니, 손녀 두 마음 빛깔. **산문 발상**

모든 문학은 문장으로 지은 집이다. 이 발췌 문장을 활용하면 곧 바로 시와 산문을 넘나드는 창작을 할 수 있다. 스마트소설의 입지를 넓힌 정기옥의 문학이 돋보인다.

나무소설가선 045
마음교향곡

1쇄 발행일 | 2025년 09월 25일

지은이 | 정기옥
펴낸이 | 윤영수
펴낸곳 | 문학나무
편집 기획 | 03085 서울 종로구 동숭4나길 28-1 예일하우스 301호
이메일 | mhnmoo@hanmail.net

출판등록 | 제312-2011-000064호 1991. 1. 5.
영업 마케팅부 | 전화 | 02-302-1250, 팩스 | 02-302-1251
ⓒ정기옥, 2025

값 16,800원
잘못된 책은 바꾸어 드립니다
지은이와 협의로 인지는 생략합니다
무단 전재 및 복제를 금합니다
ISBN 979-11-5629-192-3 03810

*이 소설집은 한국예술인 복지재단 예술활동준비금 지원사업에 선정되어
 지원금을 일부 받아 제작 하였습니다.